KB173888

로렘 입숨의 책

로렘 입숨의 책

구병모 미니픽션

안온

마음에 걸리는 문장과
마음에 걸어놓는 문장의 차이는
때로 마음에 있다.

차례

화장花葬의 도시

유럽 어느 추운 지역의 민족이었던가, 한 아이가 태어나면 아이의 탄생을 기념하는 그 아이만의 나무 한 그루를 심는 풍습이 과거에 있었다고 들었는데.

아이의 성장과 함께하는 나무. 아이가 자라나 새로운 가족을 이룰 때까지 지켜보는 나무. 어떤 나무의 시간은 인간의 시간보다 훨씬 길기에, 아이가 늙어 죽고 나서도 남아 있으므로 결국 대대손손 나무는 울창해질 수밖에 없다. 친구나무인지 수호나무인지 참 의미는 모르겠지만 오랜 옛날의 일이었던 만큼 아이들이 병들어 일찍 죽지 말라는 기원을 담은 주목呪木 내지 신목神木이었을 테고 지금도 그런 풍습을 지켜가면서 살지는 않겠지만, 그 이야기를 들었을 때 내가 처음 한 생각은 지극히 지금의 현실을 기준으로 한 궁금증이었다. 그럼 평생 이사도 안 가고 대대로 그 집에 붙박여 살 수밖에 없다고?

유목민처럼 이동이 잦은 민족은 아니었던 걸로 기억한다. 정주가 가능하다 못해 당연하던 땅. 그러나 산에 들에 뿌리를 내리고 산다고 해도, 그중 어쩌다 예외적인 성향을 지니고 태어난 누군가가, 머무르는 삶의 당위에 이의를 제기하고 뛰쳐나가지 않았을까? 그러면 그때는 자신을 오래도록 지켜보아준 나무를 베어버리고 떠나나? 상상만으로도 부정 탈 느낌인데. 아니면 몸만 훌쩍 떠났다가 가진 것을 다 잃고 마지막 에너지를 태워 돌아와서 자신의 모습을 돌아보았을 때, 그때까지 마당에 살아남아 그늘을 드리우고 과실 떨어뜨리기를 반복해온 아름드리나무가 귀향한 탕자를 반겨준다든지. 고향의 나무라면 보통 그런 서사를 지니곤 하니까.

이 도시에 이르렀을 때, 기억도 희미하고 전설에

불과한 이국의 나무 관련 민속을 떠올린 까닭은, 이곳만의 기이한 장례 정책 때문이었다. 망자의 시신을 시에서 지정한 공동의 터에 안치한다는 점에서는 일반적인 장례와 일견 다를 바 없어 보이나—이 또한 고인을 사유지의 가족묘에 모시고 싶어 하는 시민들의 반발과 시위에 부딪칠 법도 하나 여기서 그만한 일은 문제라고도 할 수 없었다—도시의 구성원 모두가 태어날 때부터 죽음을 준비한다는 점이 달랐다.

이는 마음의 준비 같은 게 아니라 문자 그대로 생물학적 의미에서의 죽음 준비를 말하며, 구체적으로는 탄생의 축복과 그 여운이 채 가시기 전에 외과 집도의가 전문가 입회 아래 엄숙하게 아기의 몸속에 나노 시드, 일명 '미래의 씨앗'을 주입하는 시술을 가리킨다. 유대인의 할례도 태어난 지 여드레는 되어야 실시하는데 갓난아이에게 그 무슨 무지막지한 짓인지는, 피부의 직접 절개를 통해서가 아닌 극세침으로 순간 주입하는 장치라는 점을 감안하여 차치하기로 하고. 장치라 하니 이 또한 거창하게 들리는데 실은 점을 찍는 수준으로 씨앗 하나. 어디까지나 겉으로 보기에는. 겉으로 보인다고 말하기조차 민망하도록 작아서 주입 전에는 고배율의 현미경 대물렌즈로나 확인할 수 있고, 이런 걸 몸속에 넣어보았자 다른 세포들과 섞여 어디 있는지 찾을 수 없거나 그대로 흡수 및 분해되어버릴 것 같은데, 일단 몸에 들어가고 나면 준중형 이상의 병원에서도 특수 조영 장치를 이용해야 발견할 수 있다고 한다.

이 식물성 기계—아니 인공 식물이라고 해야 하나—는 주입 후 몸속에서 녹아 없어지지 않고 아이와 평생을 함께한다. 이것이 인체 세포와 염증성 반응을 일으키지 않고 신체의 일부로 자리 잡을 때까지 많은 시행착오를 거쳤다고 한다. 이후 사람이 노환이나 사고사를 막론하고 세상을 떠나면, 생체 반응이 종료됐을 때부터 씨앗은 빠르게 파괴되는 세포와 반응하며 몸속에 뿌리를 내린다.

전 세계의 전설을 일별하다 보면 신 또는 사람이

죽어간 자리에서 혹은 그가 흘린 피에서 피어났다는 꽃이 국가별로 몇 송이는 나올 테고 그것을 현실화했다는 점 자체는 그리 문제가 아니라 오히려 경이로운 일이며, 짧은 시절을 보내다 지든 천수를 누리든 간에 그 사람의 일생과 습성을 반영하여 저마다 다른 꽃이 피어난다는 것도 눈부신 과학 발전의 결과물이다.

썩어가는 사람의 몸에서 돋아난 싹은 부패가 완전히 종료되었을 즈음 꽃으로 활짝 피어난다. 이때 유골은 일종의 화분 역할을 하며, 눈구멍과 입, 척추와 갈비뼈 사이로 뻗어 오른 줄기 끝에 꽃송이들이, 비로소 망자의 죽음을 완전하게 애도하듯이 맺힌다.

이 장례 방식이 오랜 세월 이어져 와서 꽃이 무더기로 피어난 까닭에, 그 아래의 유골은 일부러 다가가서 얼굴을 들이대지 않는 한 보기 힘들며 꽃이 지고 다시 피는 시기도 저마다 달라 언제나 일정량 이상의 꽃으로 덮여 있으므로 미관상 큰 문제는 없다는 것이 도시 측의 설명인데, 그건 어디까지나 희망 사항이다. 시신을 흙 속에 묻는 대신 흙 위에 얹어 두어 작열하는 태양과 비바람에 노출시키는 방식이어서 풍장의 관습과 비슷하다고 시에서는 주장하나, 풍장은 그 육신을 완전히 정화하고 사출된 영혼을 하늘로 올려 보내기 위해 최소한 사람 눈이 닿지 않는 높은 산의 바위에 두어 장사 지내기라도 하지, 이 경우는 일상생활 공간과 거리가 있었다 뿐, 꽃으로 덮이기 전에는 흘러내리고 녹아내린 살점마다 피어난 유충을 보게 되니 생활환경에 좋지 않다고 일부 시민들은 고통을 호소한다.

그렇다면 어째서 사람이 태어나자마자 이처럼 번거로운 죽음 준비를 해야 하는가?

그것은 이 도시 사람들이 지닌 전통적인 영혼관과 관계있다. 외부 유입 문화와 섞여 희미해질 대로 희미해진 습속 가운데 몸속에 주입하는 나노 시드를 개발하고 제작 외주를 줄 만큼 다변화된 환경에서 자신들의 생활상과 이념이라곤 흔적만 남았음에도, 혹여 후손들이 반기지 않더라도 이 믿음만은 변치 않는다. 자연과 하나인 사람은 자신이 살아온 방식과 습관, 성격과 행위가 몸에 새겨지며 따라서 그 몸을 먹이로 한 꽃의 형태에도 반영된다는 것이다.

몸이 삶을 반영한다는 것까지야 뭐, 나 살던 곳 포함 다른 문화권에서도 '관상은 과학'이라느니 하는 말이 외모지상주의를 합리화하는 방향으로 널리 인정되곤 한다. 그러나 내 고향에서 주로 치른 장례는 화장花葬이 아닌 화장火葬이기도 하거니와, 보통의 사람은 누군가가 인생을 어떻게 살았는가를 그 몸에서 피어난 꽃이 보여준다는 동화적인 상상력과 관계없이 살아간다.

그건 어디까지나 외부인의 시각이고, 여기 사람들은 시체에서 피어난 꽃이 그가 생전에 어떤 사람이었는가를 보여주는 중요한 지표라고 믿는다. 나쁘게 살았던 사람은 지옥의 악취를 풍기는 괴물 같은 꽃을, 착하게 살았던 사람은 아름답고 향기로운 꽃을. 그것이 신화시대의 사람들에게는 통했던 구분법일지 모르나, 오늘날 사회에서 반드시 착한 사람은 어디 있고 처음부터 끝까지 악하기만 한 사람은 또 어디 있나. 사람은 악하면서도 선하고 선하다가도 어느 순간 악하지. 내 사람에게는 그런 분 세상에 다시없다고 칭송받지만 어딘가에서는 누군가의 삶을 착취하지. 일관성 있게 선한 사람이라면 성직자와 갓 태어난 아기 정도 아닐까. 요즘 같아서는 웬만한 성직자도 제외해야 할 듯싶고, 그렇게 생각하기 시작하면 아이라고 깨끗하기만 하겠나. 아이를 순수한 천사의 이미지로 고정하는 것도 편견 아닌가. 여기 사람들은 알아서 선악을 잘 구별하여 빵처럼 가르고 죽음 이후로도 악인을 잘 적발하여 반면교사로 삼으면서 산다는데, 나만 너무 부정적인 사고로 오염되었나.

그나저나 일평생 아름답게만 보였던 망자가 실은 알고 보니 이런 끔찍한 꽃을 피우는 악한이었다고 전시한들, 그건 또 무슨 소용인가. 어차피 사람이 더는 세상에 없는데 꽃에다 돌이라도 던질 텐가.

시신에 대고 응징하기 위해서가 아니라 살아 있는 사람들에게 시각적으로 적나라한 교훈을 주기 위함이라고 하는데, 사람이 단세포생물도 아니고 그런 걸로 교화가 된다면 세상만사 편리하겠다. 시민들 각자의 삶을 돌아보게 만든다는 이유도 아주 없지는 않겠지만, 겸사겸사 기이한 장례 풍습과 공포의 꽃밭을 나 같은 외부인에게 일종의 관광 상품으로 전시하려는 전략도 있겠지. 관광객은 결코 닫히지도, 손목을 자르지도 않는 진실의 입을 볼 때와 비슷한 감각을 갖고서 그 꽃밭 구경에 요금을 지불할 것이다.

그러나 현대 사회의 생태와 속성에 찌든 나의 비관주의에 일격을 가하듯, 막상 가서 본 묘지는 거의 대부분이 색색의 아름답고 향기로운 꽃들로 뒤덮여 있었다. 목책으로 진입 금지를 표시하여 꽃밭 한가운데로 발을 들여놓을 수는 없었으므로 개개의 꽃송이를 자세히 관찰하지는 못했지만, 서로 다른 종류의 꽃 무더기가 경관 전체를 풍성하게 수놓았다. 어떤 꽃은 나도 이름을 알 만했고 태어나 처음 보는 것도 있었는데, 길고 억센 줄기와 넝쿨에다 시신이 놓인 흙에서 자생한 야생화들도 뒤섞여 있어서 무질서하다는 점을 감안하면 웬만큼 괜찮은 풍경이었다.

세상에 이렇게…… 착한 사람이 많다고? 아니면 특히 이 도시에 한해서? 사람들이 그야말로 지나간 세대의 다양한 시체꽃에 자극받고 경각심을 지니게 되어, 두려움이라는 타율적인 요인 때문에라도 질서를 지키고 정도를 걸으며 살았다는 뜻인지도 모른다.

그런 가운데에도 잠든 신의 손끝에서 굴러 떨어지는 바람에 최소한의 비율이나 균형감을 잃은 피조물 같은 꽃들이 곳곳에 분포해 있었다. 대체로 거대하고, 보는 순간 경악을 감추고 침착한 태도를 가장하더라도 일단 멈칫하게 생겼으며, 꽃잎의 색은 주로 검정에 가까운 보라와 청록의 혼합이었고, 두툼한 암술머리와 암술대 부분이 육식성 동물의 송곳니처럼 보여서 꿀벌도 선뜻 수분하길 꺼릴 것 같았다. 가이드의 말에 따르면 외양만큼이나 냄새도 고약하다 하지만 내가 서 있는 곳까지 닿지는 않았는데, 워낙 많은 꽃의 향기에 묻혀버린 모양이었다.

멀찍이서 꽃들을 바라보고 있으면 결백한 자들의 시신 가운데 어디에 죄인이 묻혀 있는지 한눈에 들어오지요? 가이드가 물었다.

나는 고개를 끄덕이며, 명료한 만큼 씁쓸하다고, 어쩌면 끝까지 몰라도 좋은 것을 너무 많은 사람이 대낮처럼 알게 되는 데에 따른 부작용을 염려했다. 예를 들어 옛 성인 아무개의 환생 같다는 말로 추앙되던 의사의 시신에서 저런 사악한 꽃이 피어난 걸 보고 단순하게 충격받은 시민들은, 꽃이 사람의 성정을 제대로 반영하지 못하고 무작위로 피어나는 모양이니 이제 이런 말도 안 되는 장례 풍습을 폐지하자며 신문고를 울렸지만, 일부 기자들이 이를 의

아하게 여기고 심층 조사에 매달린 끝에 리베이트를 비롯한 온갖 협잡은 물론 최소 25건의 강력범죄에 일명 환생 성인이 연루되어 있음을 밝혀냈다고 한다.

그런 부관참시가 반복되면 시민들은 죄를 짓지 말고 살아야겠다는 결심을 다지기보다는 자신이 믿었던 존재에 대한 배신감만 느끼지 않을까요? 좌절과 우울로 일상이 무너지지 않을까요? 인간은 그런 허무를 일상적으로 견뎌낼 수 있는 존재일까요? 견디기 위해 필요 이상의 냉소를 장착하게 되지 않을까요? 그럼에도 불구하고 나는 덧붙였다. 생각보다 보기 좋은 꽃들의 비율이 높은 것 같아 그건 다행이에요. 자연은 정직하고, 자연을 담은…… 자연을 닮은 나노 시드가 나름대로 사람을 잘 판단 분석하는 모양이에요. 사람이 완전히 나쁘지도 순전히 좋지도 않다는 진실을 체득한 것 같아요.

타인을 돕고 그와 함께 살아가고 싶어 하는 마음과, 타인에게 환멸을 느끼고 밀쳐내는 마음을 한몸에 담을 수밖에 없는 인간에게 동화된 나노 시드는 그런 복잡하고 일관성 없는…… 즉 한없이 정상이라고까지 말해도 좋을 만큼 보편에 불과한 사람의 특성에 반응하여 웬만해서는 혐오스러운 꽃을 피우지 않으리라 믿고서, 나는 조금은 든든한 마음으로 다음에 들를 도시의 지도를 펼칠 수 있었다.

뜻밖의 뉴스를 본 것은 그 여행을 마치고도 3년이 지난 뒤였다. 관용구일 뿐 나는 그것 자체를 뜻밖의 사태라고 여기지는 않았으며 그럼 그렇지 그럴 줄 알았다는 정도로 생각했지만, 사람들이 그 일에 대처한 방식에는 기함한 것이었다. 이른바 미래의 씨앗 프로젝트는 세 번의 세대가 지나기도 전에 완벽한 실패였음을 관계자 모두가 알고 있었는데, 그것이 왜 실패였는가 하면, 나노 시드가 사람의 성분을 섬세하게 판독 및 구별할 줄 모르고 아무 꽃이나 피워대서가 아니라, 오히려 예외라곤 두지 않는 정직과 염결성을 갖고 판사의 망치를 융통성 없이 휘둘러서였다.

　묘지를 관리하는 공무원들은 매번 장례를 치른 뒤 그 자리에 스치기만 해도 죽음을 피할 수 없을 것만 같은 꽃들이 핀 모습을 보았으며, 그것이 살해, 질병, 사고, 자연사 등 이유가 무엇이 됐든 상관없음은 물론 망자의 직업이나 사회적 지위와도 무관하면서 아이와 어른을 가리지 않고 공통된 현상임을 알게 되었다. 망연자실한 묘지기들은, 태어나는 순간부터 우리는 모두 조금씩이라도 더럽고 악한 인간이며 나노 시드라는 거름망에 걸러지지 않는 사소한 악행 따위는 없다는 진실을 시민들에게 공개할 수 없었으므로, 명목을 확실히 밝히지 않은 채 별도의 예산을 집행하여 사악한 꽃들을 모두 뽑아내고 태운 다음 원래 자리에 선하고 아름다운 꽃들을 사다 심었다. 새로 들어온 시신이 늘어나서 다시 악의 꽃들이 창궐하면 그 과정을 반복했다.

　그러므로 내가 본 꽃들 가운데 진짜 시신에서 피어난 꽃은 몇 송이 되지 않았으며 대부분은 그 자리에 인위적으로 심어진 것들이었다.

이 비리는 우선 시의 예산 집행을 감시하는 단체에서 알 수 없는 화훼 회사로 빠져나가는 수상한 규모의 금액을 추적하다가 밝혀낸 것이었지만, 결정적인 증거는 땅이 주었다. 마구잡이로 심은 꽃이 피고 지기를 반복하다가 토양 보비력이 상실되는 바람에, 다음 계절이 돌아왔을 때 같은 자리에서 꽃이 피지 못하고 점점 크기가 줄어들다 죽어버렸기 때문이다. 남아 있는 것들은 천 년쯤 거뜬히 그 자리에서 버틸 것만 같은 괴화怪花들뿐이었다.

그러니 자연이야말로 얼마나 정직하며 스스로의 실체를 두려움도 부끄러움도 없이 담담하게 드러내는 것인지 우리는 이로써 알 수 있다는 총평 끝에, 뉴스 진행자는 해당 도시에서 지금까지의 유골을 모두 묘지에 매장하고 앞으로의 시신은 화장火葬을 채택하기로 했다는 소식을 전했다.

화장의 도시 2021

《현대문학》 2021년 8월호에 '핀 시리즈' 참여 작가진이 짧은 소설을 수록하는 특집 꼭지가 있었다. 그전까지 분량과 방식이 내게는 좀 낯설다고 생각하여 원고지 30매 안팎의 미니픽션-엽편소설-초단편소설 작업에 자주 참여하지 않았는데, 이때쯤 해서는 익숙해졌다. 화장(꽃의 장례)이라는 말은 존재하지 않지만 동음이의어를 활용해본 소설이다.

신인神人의 유배

인간을 도운 죄. 신께서 친히 인간을 징벌하시려 가뭄을 내린 땅에, 신인은 기근과 기갈을 방관하지 못하고 신의 군사들에 맞선 뒤 하늘의 연못 하나에 구멍을 내어 비를 내려주었는데, 인간 세상의 너비를 미처 고려하지 않은 까닭에 그만, 40일 밤낮 홍수를 일으켰고 신의 당초 예정보다 오히려 더욱 많은 인간을 대규모로 몰살시킨, 패착의 죄.

　저항 과정에서 신의 군사들에게 상해를 입혔고 (다 나았다) 하늘의 연못을 부수고(복구했다) 많은 인간을 죽였으므로, 유배는 당연한 처분이었다. 세상 어느 옛이야기에서도 세 가지 이상의 과오나 비행을 용납하는 경우는 없었다.

그러나 형벌의 결정적인 원인은 신인이 세 치 혀로 스스로를 변호하려 들었다는 데 있었다. 정확하게는, 자신의 정당성을 설명하기 위해 신성을 모독했다는 데 있었다.

저의 과실로 지상의 인간들이 숨을 거두었으니 그 죄를 받아 마땅할 것이지만, 어차피 당신께서도 애초에 그들의 목숨을 앗아가기 위해 가뭄을 주지 않으셨습니까? 아니라고는 하지 말아주십시오. 당신은 죄인들에게 고통을 퍼부어 깨달음을 주고 믿음을 회복시키려는 의도였다고 말씀하시겠지만, 인간은 하나하나 서로 다른 환경과 내성을 지니고 있어서, 장기간의 가뭄 속에 죽음의 형벌을 받은 자들은 힘없고 가난한 이들이었으며, 사악하고 부유한 죄인들은 그런 와중에도 기갈을 모르고 아사로부터 자유로웠습니다. 그렇다면 단지 당신이 계산하신 죽음의 규모가 크게 달라졌다는 것이 문제입니까? 그게 아니면 이제 그만 용서해줄까 하면서 당신이 하려던 일을 제가 먼저 해버린 것이 못마땅하십니까? 당신의 관용과 은혜를 기다리기엔 대부분의 인간이 한계에 다다라 있었습니다. 오로지 당신에게만 죄인을 심판할 권리가 있으며, 그것을 제가 방해했다고 보시는 겁니까? 이도저도 아니라면, 당신의 의도가 무엇이었든 간에 제가 당신을 거역했다는 그 사실 자체가 마음에 들지 않으실 뿐입니까?

신의 군사들은 신인의 무도함에 경악하여, 그 오랜 옛날 인간에게 불을 가져다주었다는 이유로 바위에 묶여 매일 맹금류에게 심장을 쪼아 먹힌 이와 같은 가혹한 형벌을 내려야 한다고 주장했다. 그로써 신의 뜻을 거역한 데다 신의 진의를 따져 묻기까지 하는 자가—신의 진의는 스스로 탐구하고 헤아리든지, 무지한 데다 죄의 더께가 쌓여 그렇게 할 수 없을 것 같으면 차라리 모르는 채로 믿음을 간직해야 마땅하다—어떻게 되는지 모두에게 보여주어야 한다고. 저자에게 당신의 권능을 보여주십시오. 악에 찌들어 제 눈 속의 들보를 못 보는 죄인에게 당신의 구원을 알게 하십시오.

그러나 협력, 통솔, 적대관계를 맺음으로써 존재 의미가 확립되는 인간과 달리 신은 그 누구와도 관계 맺지 않는 존재, 그리하여 자신의 역사役事나 기획 의도에 대해 그 누구에게도 세세히 설명하고 가르쳐줄 의무가 없었으므로, 하늘나라의 신속한 질서 회복을 위해 이 사안은 신인을 추방한다는 판결로 종지부를 찍었다.

한때 빛나던 문명의 흔적이 남아 있으나 이제는 누구도 돌아보지 않고 버려진, 물 한 방울 없는 땅으로 신인은 떨어졌다.

인간이 아니었으므로 죽음으로 안식을 구할 수 없었다. 손끝에 닿기 직전 저 멀리로 달아나는 과일과 물을 언제까지고 움켜쥘 수 없는 이처럼. 우주의 끝 날까지 반복하여 굴러 떨어지는 바위를 밀어 올려도 육체가 부서지지 않는 이처럼. 신인이 영원히 짊어지게 된 것은 고독과 갈증이었다. 그럼에도 신인은 자신을 이 땅에 떨어뜨린 신을 향해 원망의 말한마디를 내지 않았고 유배에서 풀어주기를 간구하지 않았다. 그것은 신에 대한 전적인 경애와 신뢰 때문은 아니었다.

믿음이라면, 아주 없지는 않았다. 그는 신이 절대로와 기필코를 동시에 구유한 존재임을 믿었고 전능한 동시에 무능함을 믿었다. 신은 그런 존재였고 그에게 너무 많은 것을 바라서는 안 되었다. 그를 이해하려 들면 안 되었다. 아무리 생각해보아도 신의 군사들은, 존재한들 자연에 별다른 이득이 없거나 오히려 사라지는 쪽이 자연에 도움될 것 같은 인간들의 죽음보다, 신에게 이의를 제기하고 이해를 구하려는 태도에 분노했던 듯싶었다.

듯싶다……. 이 철저하지도 명료하지도 못하고 미진한 짐작. 모든 이가 신 앞에 단단한 반석과도 같았던 하늘나라에서 지내는 동안에는 겪어본 적 없는, 흔들림과 기울어짐. 그러나 그 진동과 요동, 가파른 경사 안에서 신인은 자신에게 찾아온 감각이 안도라는 것을 알았다.

버려진 땅에서 할 수 있는 일이란 없었으므로 처음 한동안 신인은 그저 가만히 누운 채, 꿈의 세계에 옷깃을 적시다 빠져나오기를 되풀이했다. 시간이 존재하지 않는 곳에서 왔으므로 낮과 밤의 무한한 교차와 헐거운 이음매가 부질없었다. 어떤 오류도 오차도 없는 완벽한 곳에서는 잠을 자거나 꿈을 꿀 일도 없었다. 그곳이 곧 꿈속이기 때문만 아니라, 신인을 포함하여 신과 관련된 모든 존재는 다음 날의 고된 노동을 버틸 에너지를 비축할 필요가 없었으므로.

그러나 인간이 문명을 이룩했다가 아집이든 탐욕이든 무언가의 끝에 제 손으로 무너뜨리고 마침내는 누구도 살지 않게 된 거대한 땅에서, 신인은 피로가 무엇인지 알기 시작했다. 몸을 움직여 노동하기는커녕 손가락 한 개 들어 올리지 않고 누워 있었는데도 몰려오는 여러 감각—허기와 갈증은 기본으로 하고, 당장의 무료함과 사면팔방 어디를 둘러보아도 똑같은 모습으로 펼쳐진 황무지 하며 불어오는 바람까지, 오늘이 어제와 같고 내일은 오늘과 같다는 무한 반복에의 예감―이것이 인간들이 평소 느끼는 피로라는 것일 터였다.

그전에 신인은 소리와 형태가 뒤섞이고 냄새와 촉각이 구별되지 않는 삶을 당연하게 살며 그것이 신의 예정된 조화造化이자 아름다운 조화調和임을 생각할 이유도 없었다. 인간은 제한된 시간 속에서 생존을 위해 감각을 적재적소에 부려놓고 활용하여 삶을 집행하는 존재들이었으므로, 비록 아무것도 하지 않고 있더라도…… 어쩌면 아무것도 하지 않을수록 빠르게 감각을 소진할 터였다. 신인은 자신이 변해가고 있음을 알았다. 완전히 변하거나 사라지기 전에 무언가를 하고 싶었지만, 무언가라고 부를 만한 것이 하나도 없이 텅 빈 대지에서 신인은 완벽하게 혼자였다.

갈증에 어느 정도 적응되어 육체적 고통을 덜었을 때, 신인은 자신에게 집행되는 진짜 형벌이, 아무것도 없는 땅에 놓인 거대한 공허와 무의미 그 자체라는 것을 알아차렸다.

모로 누워서 뒤척이던 신인의 손에 검은 흙이 닿았다. 메마르고 단단한 흙은 손가락에 필요 이상으로 힘을 주어야 긁혀나갔다. 인간의 문명이 발달했던 곳에서 흔히 만질 수 있던 기름지거나 보슬보슬한 흙이 아니라 바위에 가까운 굳기였다. 무심코 긁어 파내니 속에서 좀더 검은 빛의 흙이 도드라졌는데, 건조한 열풍을 맞자 그 자리가 파낸 모양대로 빠르게 굳어버렸다.

신인은 문득 일어나 앉아 소실점도 없는 대지 저편을 바라보았다. 신은 이 땅에는 앞으로도 비를 내리지 않을 것이었고, 그렇다고 하여 땅을 갈라 꺼뜨리거나 녹이지도 않을 것이었다. 그 같은 격변은 공허에 위배되므로. 더 이상 신인에 대한 징역이 아니므로.

그대로 둥실 떠올라 아래를 내려다보았다. 하늘나라에 비하면 신의 손바닥, 아니 손톱 크기만도 못한 땅이 펼쳐져 있었다. 신인은 제 어깨의 날개에서 깃을 하나 뽑았다. 그 팽팽하고 두꺼운 깃으로, 대지에 힘을 주어 돌바닥을 천천히 긁어내기 시작했다. 신인에게는 영원이라는 시간이 보장되어 있었으므로 조금도 서두를 것 없었다. 이제 막 연주를 시작하여 클라이맥스에 이르기까지 수백 개의 마디와 소절이 남은 음악과도 같은 리듬으로, 특별한 기교 없이 붓을 대었으나 우연히 만난 점과 선에서 경이를 포착한 화가와도 같은 몸짓으로. 신인이 그어 나가기 시작한 선은 언뜻 보기엔 무정형으로 뻗어나갔다.

　가끔 고된 노동 끝에 지칠 때면 신인은 지표면으로부터 떠올라 자신이 새긴 선을 한눈에 조감해보았고, 그것은 하늘의 신이 내려다보기에는 조금도 광대하거나 무한한 선이 아닌 자그마하고 유한한 형태에 불과함을 알 수 있었다.

"저게 대체 뭘까요? 설마 개천인가? 아무것도 없는 이런 사막에."

1939년 어느 날, 비행 중이던 조종사가 대지 위에 새겨진 기묘한 선들의 존재를 알아차리고 동료에게 이 같은 무전을 보냈다. 인간이 눈부신 기술력을 갖게 되고 하늘을 날아올라 신에게 한 걸음 더 가까이 다가가지 않았더라면 그 형태를 알 수 없었을 선들이었다.

이후 인간이 점점 더 높이 날아오를 수 있게 되면서, 한편으론 더욱 깊은 생각을 할 수 있게 되면서, 그전까지 무작위로만 보였던 선들은 사실 구체적인 형태를 이루고 있음을 알게 되었다. 어떤 것은 날개를 뻗은 새 같았고 어떤 것은 거미를 닮았으며 또 다른 것은 이계에서 온 거인처럼 보였는데, 한편으론 세상에 존재하는 그 무엇과도 닮지 않았을뿐더러 아무런 의미도 없는 도형이 대지 곳곳에 흩어져 있기도 했다.

훗날 사람들은 이를 가리켜 나스카의 지상화라고 불렀다.

*

시작은 진저리 나는 영원을 죽이기 위한 것이었지만, 훗날의 인간은 이것을 보고 신의 위대함과 접촉 불가능성에 대해 인식하게 될 터였다. 그럼에도 불구하고 이것의 정체를 합리적으로 설명하기 위한 궁리를 멈추지 않을 것이며—대지를 캔버스 삼아 거대한 그림을 그려 넣은 존재들은 누구이며 그들의 목적은 무엇인가—그 끝에 신을 알아보는 방법을 하나라도 더 발명해내는 한편, 신을 향해 한 발 걸어갈 수 있을 터였다. 신에게 무언가를 질문하거나 이의를 제기하고 때론 원망하는 것은 천상에서는 모독이자 불온함으로 받아들여졌지만, 그렇다고 하여 적절하고 무게 있는 예의를 갖추지 않음이 곧 신에 대한 경애가 없음을 말하지는 않았다.

신인은 대지 위에 하늘나라의 흔적을 남겼고, 이 행위가 신을 향한 존경과 사랑을 표현하는 길이자 죄인이 더 이상 닿을 수 없는 신에게로 보내는 편지라 믿었으며, 바로 이러한 역사를 위해 신이 자신을 타락시켰음을 믿어 의심치 않았다.

신인의 유배 2019

매거진 《언유주얼》 2019년 9월호에 '빅 픽처'라는 테마를 제안받고 썼다. 빅 픽처라는 말이 보통은 그 유명한 영화 속 대사 "다 계획이 있구나" 할 때의 그 뜻으로 쓰이는데, 이때 묘안이 떠오르지 않아서 빅 픽처를 문자 그대로 큰 그림이라는 관점에서 생각하기로 하고 나스카의 지상화가 이렇게 만들어졌다는 얘기를 썼다. 다 쓰고 보니 신의 계획일지도 모른다는 점에서 빅 픽처의 보편적인 뜻도 담게 된 것 같다.

영원의 꿈

문희가 제 자매의 꿈을 비단 치마 한 장 주고 샀다던가. 그러고서 문명왕후(610~681년)로 살다 갔으면 크게 남는 장사지. 그러나 나는 허황한 야망은 없어서 말이다. 야망이 다 뭔가. 지상의 방 한 칸이라는, 고릿적 관용구로 남은 유명한 소설이었는지 시였는지 제목조차 입에 담기가 호사일 만큼 내가 가진 거라곤 소망小望에 불과하며, 일하던 가게도 폐업하여 알바부터 새로 구해야 했다.

그런 상태에서 처음 보는 사람이 문답무용으로 네 꿈을 나한테 팔라 하니, 시절이 수상하여 정신 놓은 사람도 늘어간다고 헛웃음을 짓기보다는 오

누이가 제 앞에 뚝 떨어진 동아줄 잡듯이 물고기가
철 지난 떡밥을 물듯이, 나로선 움켜쥘 도리밖에 없
었다. 매몽買夢을 청하는 사람의 요구 사항은 간단
했다. 매일 꿈을 꿀 것. 낮이든 밤이든 시간대는 상
관없음. 다만 매일 이 시간에 나와서 그 꿈 이야기
를 들려줄 것. 그러면 자기가 꿈을 듣고 거기에 마
땅한 가격을 매겨서 돈을 지불하겠다는 거였다. 상
태가 안 좋은 사람이라고 보기엔 트렌치코트에 빗
어 넘겨 붙인 머리 하며 입성이 깔끔하여, 내용상
대포 통장 개설이나 인감 위조 같은 것과는 관련이
없는 듯싶고 꿈을 파네 사네 하는 걸로 보아 처음에
는 종교를 권유하려나 싶었다.

　혹시 이 로비 곳곳에 흩어져 앉은 별 볼 일 없는
인생들의 꿈을 다 하나씩 사다가 수집하여 그중 로
또 맞을 꿈이 있는지 건져보겠다는 의도라면, 너
무 번거롭고 자본도 많이 투자하는 셈 아닌가. 여기
있는 사람은 어림잡아도 나 포함 열댓 명은 되는데
한 사람의 꿈 하나당 만 원에 주고 산다 해도 열다

섯 명이면 하루에 이미 15만 원. 그러느니 그 시간에 연금복권 15만 원어치를 긁어보고 말지. 어디까지나 불행한 자들에게 돈을 뿌릴 만큼의 여유가 있다면 말이다. 그렇게 생각하며 나는 내가 앉은 대형 공공도서관의 노인 전용 열람실을 둘러보았다. 수험생들이 애용하는 일반 열람실은 전염병이 창궐하는 동안 무기한으로 문을 닫아걸었고, 개가 열람실도 문을 닫은 채 인터넷 신청자에 한해 비대면 도서 대출을 해주고 있었다.

그런 와중에 노인 전용 열람실만 개방하고 있었는데, 거기가 1층 로비나 다름없는 곳에 책상만 덩그러니 놓고 검색 용도의 컴퓨터 몇 대만 놔두어서였다. 실제론 갈 데 없는 노인들더러 적당히 거리 두기를 하면서 앉았다 가라는 공간이었으며, 로비에 열람실이라는 푯말만 걸어 표시한 게 다라고도 볼 수 있었다. 처음에는 젊은이가 이 자리를 왜 차지하느냐고 내게 퉁바리를 놓는 이도 있었으나, 밀집도가 낮은 편인 데다 마스크 뒤편의 표정이 어떨지 사람이 언제 어떻게 돌변하여 품에서 돌이나 톱을 꺼낼지 서로 모르니 지금은 낯선 이에게 섣불리 말을 거는 분위기가 아니었다.

그러던 중 이 매몽가는 내가 외면하면 다른 이들에게로 다가갈 줄 알았는데 내 옆에서 떠나지 않았고, 명백히 이 공간과 어울리지 않는 우리의 모습과 대화가 다른 노인들 눈에는 보이지 않는 듯, 이쪽으로 시선을 주는 사람들은 없었다.

제 개꿈에 굳이 해몽 필요 없는데.

꿈을 사겠다고 했지 풀겠다고는 안 했습니다.

아무 꿈이라도 돼요? 정말 쓸데없는 꿈인데.

가치는 제가 결정합니다.

그럼 이 꿈을 듣고 가격을 매기는 거 봐서 앞으로의 꿈도 팔지 말지 결정할게요.

나는 마침 전날 꾼 꿈의 내용을 기억하고 있었으므로 그 자리에서 바로 읊었다.

내가 꽃이 쌓인 트럭으로 다가갔는데 아주머니 두 분이 그걸 팔고 있었어요. 그렇게 많은 꽃이 신문지에 싸여 있는데 향기가 난다는 느낌은 없었고요. 선덕여왕이 모란꽃 본 것처럼. 색색으로 여러 종류 화사하긴 한데 안개꽃과 장미 말고는 이름을 아는 꽃이 하나도 없어서, 적당히 색깔별로 몇 송이 골라 포장을 부탁하며 얼마냐고 물었더니 그중 한 분이 싸늘하게 대꾸했어요. 만 4천 원입니다. 왜 만 4천 원일까, 뭐가 이렇게 금액이 구체적인가부터 시작해서, 나는 도무지 꽃 한 송이 살 만한 형편도 안 되는 사람인데 무슨 바람이 불어 꽃을 달라고 했을까, 그런데 꽃의 가격보다 그 쌀쌀한 말투가 너무 신경이 쓰인다고 생각하다가 잠에서 깼어요. 이런 꿈이라도 상관없다는 거예요?

세부까지는 기억하지 못하나, 그것은 정말로 간밤에 내가 꾼 꿈의 내용 거의 전부에 해당했다. 현실에서라면 만 4천 원으로 무엇을 할 수 있을까, 편의점 도시락 기준으로 보통의 직장인들 점심 두 끼 값은 되려나 같은 걸 생각하다 보니 우연히 떠올린 꿈일 뿐 실상 그것이 미래를 암시하지는 못할 테며,

누구를 왕후로도 왕으로도 만들어주지 못하는 그냥 렘REM의 무작위 산출물일 뿐이었다.

그런데 매몽가가 눈앞에서 지갑을 열더니 천천히, 5만 원권 지폐 한 장을 꺼내어 눈앞에 내밀었다. 어디서 칼이라도 날아올까, 개인 인터넷 방송의 카메라가 곧 폭소와 함께 튀어나와 사람 약 올리지 않을까 다급히 주위를 둘러보았으나 그런 일은 일어나지 않았고, 또한 그 로비에 있는 어떤 노인도 우리에게 주목하지 않았다. 마치 우리가 보이지 않는 것처럼.

나는 그의 마음이 바뀌기 전에 지폐를 낚아챘다. 꿈의 내용, 의미, 개꿈이든 뭐든 이 순간 그런 것은 상관없었다. 만약 태몽의 일종이라고 해도 나나 내 주위 지인들 모두 임신 출산은커녕 결혼할 일도 없었다. 아이를 낳고 세대를 이어간다니, 우리 또래한테는 언감생심이 아니라 언어도단이었다. 아무튼 나에게는 아무런 의미 없는 꿈이 교환가치를 지니고 돈으로 바뀌었다. 도망치듯 도서관을 나서는 내

등 뒤로 매몽가가 당부했다.

그럼 내일 이 시간에도 보는 겁니다.

눅눅한 이부자리에서 뒤척이며 몇 가지의 가능성을 점쳐보았다. 부식비 구입에 그 돈을 썼는데 별문제 없었으므로 위조지폐는 아닌 듯했고, 우선 꿈을 사고판다는 일 자체의 허무맹랑함에 대하여. ①그는 노인 열람실(이라고 붙어 있었지만 실은 로비)에 일 없이 있는 젊은이가 딱해 보여서 꿈을 핑계로 적선했다. ②그는 정신이 조금 아픈 사람이고 자신이 메시아 내지는 구원자라는 상상에 사로잡혀 있으며 가족의 지갑을 빼와서 함부로 돈을 뿌리는 것인데 나는 그가 건넨 돈을 받았다는 이유로 도둑으로 몰린다. 그렇게 되지 않으려면 내일부터 그 자리에 나가지 말아야겠지. 둘 중 어느 쪽 가능성이 더 높을까.

그러나 아무래도 노인들이 그를 흘낏 돌아보지도 않았다는 게 그 밖의 다른 가능성에 힘을 실어주었다. 정말로 평범한 사람의 꿈을 구매하여 그걸로 운명을 쥐었다 폈다 장난치는 것을 소일거리로 삼을 수 있는 특별한 존재일 가능성. 백만 분의 일이라도 꿈을 산다는 게 사실이라면 나에게는 어떤 페널티가 주어지나. 그림자를 판 사나이는 그림자가 없어서 괴물 취급을 받고 곤경에 빠졌지만 꿈이야 어차피 매일 밤 꾸는 것. 사람이 꿈을 전혀 꾸지 않는다고 사회적 지탄을 받거나 손가락질을 받지는 않는다. 판다고 해도 형식이고 상징이지 그 이동이 육안으로 보이지 않으며 사실 내가 갖고 있어도 그만, 남에게 줘버려도 그만이다. 다른 사람에게 준다고 꿈을 꾼 내 존재나 내 그림자라든지 하여간 생물학적 요건이 사라지지는 않는다. 손해 볼 것 없지 않나. 간밤 꾼 꿈이 생각 안 난대도, 입사 지원서를 꾸미기 위해 수백 장의 자기소개서를 썼을 때처럼 지어내면 그만이지 않나.

어느 한쪽으로 결정하지 않은 채 나는 다음 날 같

은 시간 그 자리에 나가 있었다. 그는 어제와 변함 없는 모습으로, 나를 알아보고 마주 다가와주기까지 했다. 깊이 고민 안 하고 돈을 써버린 것이 마음에 걸렸지만 그의 주위에 가족이나 경찰이 동행한 것처럼 보이지는 않았다.

오늘도 꿈을 들려드려요?

물론입니다.

가격은 역시 미정이고요? 기본료는 얼마부터 시작한다든지, 그런 최저선은 없어요?

꿈의 가치에 따라 다르다는 것만 말씀드릴 수 있습니다.

나는 나도 모르게 전날 꾼 꿈이…… 미처 적어두지 않아서 키워드만 남고 세부는 기억나지 않을 줄 알았는데, 입을 여는 순간 꿈속에서 보인 건물 구석구석마다 내려앉은 먼지 한 톨까지 생생하게 떠올랐다. 안방과 작은방을 연결하는 통로 격인 드레스룸의 천장 몰딩 부분에서 물이 뚝뚝 새고 있었어요. 바닥 여기저기 물이 고였는데 양은 적은 편이라 홍

수 염려는 없고 나중에 필 곰팡이가 신경 쓰이는 정도였지요. 나는 고작해야 침대 하나 들어가면 끝인 방 한 칸에서 사는데 안방이며 드레스 룸이라니, 꿈속에서도 웃기다고 생각했고 이게 훗날 언젠가 살게 될지도 모르는 내 집의 모습을 미리 보여주는 건가 싶기도 했어요. 나중에 돈을 벌고 설령 지금보다 나은 월셋집에서 사는 날이 오더라도, 여름엔 덥고 겨울에 춥고 환기도 안 되고 비 오는 대로 천장이 새는, 뭐가 됐든 하자가 있는 집에서 살게 되나 보다. 그럼 지금의 절약이나 공부나 미래를 위한 준비 같은 게 다 무슨 소용이지? 하는 생각이 들더라고요.

사실 재미 삼아 '천장에 물'을 검색했을 때, 천장에서 물이 새면 길몽이라고 하기에 로또를 사는 게 나을지도 몰랐지만 내 입에서는 전날 꾼 꿈이 그대로 술술 불듯이 나와버렸고, 매몽가는 이번에는 2만 원을 건넸으며, 여전히 로비의 그 어떤 노인도 우리가 여기 존재하지 않는 것처럼 눈길 주는 법이 없었다. 어차피 로또를 샀다고 해도 5천 원 당첨으로 본

전이나 찾으면 다행일 만큼 평소 끗발도 안 좋던 차에 이렇게 팔아넘기는 게 차라리 나았다. 꿈에 가격을 매기는 기준이 랜덤이라는 것이 조금 불만이지만, 내가 꾼 그대로 머릿속에 남겨두기만 했다면 1원도 벌지 못할 이미지의 파편에 불과했다.

만남의 횟수가 늘면서 어떤 날은 10만 원, 어느 날은 5천 원 하는 식으로 들쑥날쑥했지만 그가 돈을 주지 않는 때는 없었으며, 나는 그에게 내 꿈을 사가서 뭐하는지 당신은 어떤 사람인지…… 무엇보다 꿈에 가격을 매기는 기준은 어찌 되는지 묻지 않았다. 가만히 앉아서 땅을 파봐라, 5천 원이 나오나. 콩나물 한 봉지에 두부 한 모를 사서 일주일은 먹는다. 읊어준 내 꿈을 그가 시리즈로 엮어서 처음부터 끝까지 말 되는 말이라곤 없는 소설책을 출간하든지, 그중 높은 성의 첨탑이 불길에 휩싸이기도 했고 폐건물의 벽에서 크고 작은 벌레들이 떨어져 내린 적도 있는데 그런 꿈들을 선별해서 로또를 사든지 알 바 아니었다. 설령 상태가 안 좋은 사람의 헛짓거리라고 해도 언제나 단정한 모습으로 혼자 나타나선 꿈을 묻고 사는 것 외에 다른 해코지를 한 적도 없는데, 그만하면 자신이 보통이라고 자부하는 평범한 사람들보다 오히려 안전하지. 나는 어느새 그를 만나 꿈을 들려주고 돈을 받는 패턴의 반복에 재미를 붙였고, 이야기하는 시간이 길어졌다. 충분한 식생활을 유지하면서도 한 달 치 월세를 치를 정도의 돈이 모이자 전보다 덜 초조해졌다.

그러다가 어느 날, 매몽가 앞에 섰는데도 간밤의 꿈이 한 톨만큼도 기억나지 않았다. 이런 적은 일찍이 없었다. 애써 꿈을 기억하지 않으려 해도 그를 마주 대하기만 하면 간밤 나를 스치고 지나간 꿈들이 품에서 놓친 두루마리 휴지처럼 풀려나왔는데, 꿈을 꿀 수 있는 뇌 속의 방문이 잠겨버리기라도 한 듯…… 꿈의 우물을 퍼내다 바닥이 말라버리기라도 했는지 더는 아무런 꿈도 꾸지 않은 것이다.

처음 그 증상이 나타났을 때 어, 오늘은 들려드릴 게 없네요, 돈은 주지 않으셔도 돼요, 웃으며 머리를 긁적이고 돌아섰다. 그러나 이틀, 사흘, 일주일 넘게 그는 내 앞에 잊지도 않고 찾아왔고, 그때마다 간밤에 아무런 꿈도 꾸지 않았다는 말로 돌려보내기가 반복됐다.

어느 날 고시원 문밖을 나서기 전에 거울을 들여다보니, 분명 간밤 잠을 잤는데도 한숨도 잠을 못 이룬 것처럼 눈두덩이 거뭇했고 꿈의 부피만큼 빠져나간 양 겉보기에도 살이 쑥 내렸다. 몰랐는데 사람의 몸이…… 근육과 뼈가 아닌 꿈으로 이루어져 있었던가?

그 상태로 허청거리며 도서관 노인 전용 열람실에 갔을 때, 나는 마스크 속에서 뿜어져 나오는 내 숨의 열기에 질식하기 직전이었다. 한동안 꿈을 팔지 못해서 생활비가 거의 떨어져가고 있었으므로, 매몽가의 앞에 선 나는 이번에야말로 짐승의 뿔이니 권총이니 지렁이 같은 것을 주워섬겨다가 아무거나 지어냈다. 아무렇게나 말해도 상관없었던 것이, 어차피 꿈은 두서없고 말도 안 되며 앞뒤 안 맞는 것이라 그것이 오히려 꿈다울 거였다. 정연하고 논리적이면 그게 꿈이겠냐고.

내가 생각해도 그럴듯하도록 말이 안 되는 꿈이어서 만 원이라도 벌 수 있겠거니 했는데, 얘기를 듣고 난 그는 고개를 저었다.

당신은 거짓말을 하고 있어요. 간밤에 아무런 꿈도 꾸지 않았잖아요. 실제로 꾸지 않고 입으로 지어낸 꿈에는 돈을 드리지 않습니다.

누굴 거짓말쟁이로 모느냐고 항변하거나 이제 돈이 떨어졌느냐고 야유하는 대신, 내 입에서는 이런 말이 튀어나왔다.

어떻게? 내가 지어냈는지 아닌지 어떻게 알아요?

저는, 보면 알 수 있습니다.

하기야 매일 꿈을 사갈 수 있는 사람이라면 타인의 거짓을 꿰뚫어보는 정도의 옵션은 그리 신비롭

지도 않게 갖추고 있어야겠지. 나는 민망해져서 집으로 돌아왔다. 매일같이 꿈을 쥐어짜다가 온몸에서 힘이 빠져나갔는지 더는 움직일 수도 밥을 먹을 수도 없었다. 그저 꿈을 꾸어야 해, 꾸어야 한다고 다짐하면서 퀴퀴한 이불에 얼굴을 묻고 까무룩 자다 깨기를 반복했다. 꾸었는지, 꾸었다고 착각하는지 모를 꿈속에서는 전날 본 청년 국제 봉사 프로그램 모집 공고의 한 구절이 고장 난 전광판처럼 깜박였다. 이 아이들이 꿈꿀 수 있도록 도와주세요……내일의 꿈을 나누어주세요. 이 꿈은 그 꿈이 아니고 그 꿈은…….

이튿날 같은 장소에서, 내게는 더 이상 남은 것이 없고 아마도 이것이 꿈을 팔기로는 마지막이 되겠다고 생각하며 나는 그의 앞에 섰다. 이때 떠올린 것은, 꿈에는 어차피 한 가지의 뜻만 있지 않으니 다른 꿈에 대해서 들려주어도 요건 충족이 되지 않을까 하는 것이었다. 지금까지 왜 그 생각을 못했는지 모를 일이었다.

　나는 간밤에 잠자는 동안 의식을 훑고 지나간 꿈
들이 아니라, 지난날에 두고 온 꿈들에 대해 심각한
훼손 상태로 출토된 유물들을 공개하듯 말하기 시
작했다. 잊거나 묻어두었던 것들. 전날 밤이 아닌,
한때는 미래 어딘가에 필히 현실로 존재하게 될 꿈
들이라고 믿어 의심치 않았으나 이제는 부서진 것
들에 대하여. 그것을 마치 별의 죽음이라도 되는 양
나는 부서졌다고 말하지만, 이 사회에서 보편 내지
정상이라고 설정한 기준에 매달리지 않은 사람들
이라도 웬만큼 품고들 사는 소소한 바람에 대하여.
이를테면 가진 베이스가 탄탄하지 않더라도 사랑
하는 사람을 만나고 그와 함께 살아가는 것, 관심사
나 분야는 뭐가 됐든 안정된 일터를 얻는 것, 거기
서 조금만 더 욕심을 부려본다면 해외 배낭여행 떠
나기나 홈스테이나 봉사활동 등의 버킷리스트 같
은 것…… 궁극적으로는 변변한 재능 따위 없더라
도, 남에게 사기 치지 않고 성실한 사람에게 주어지

는 최소한의 몫을 얻어 자신이 앉거나 누울 자리를 확보하는 것. 머리로만 생각할 때는 소박한 꿈들이었으나 그 가운데 하나도 이루지 못한 채로 젊은 날의 끝자락에 매달리고 보니 얼마나 원대한 꿈이었는지를 알게 됐는데, 이렇게 발설함으로써 몸 밖으로 찌꺼기처럼 배출해버리자 또다시 그 무게와 가치가 한없이 가벼워졌다.

이런 이야기가 아름답고 훈훈하게 마무리되려면, 매몽가가 무언가 절대적인 존재까지는 못 되더라도 최소한 위엄 있는 존재로 변신을 하거나 그게 아니면 내 손을 잡아주면서, 그럼 지금까지 말한 것을 담아만 두지 말고 이제부터 실현하러 움직이세요, 뭐 이 정도 말은 해줄 법하지 않나. 그래야 사람이 힘도 얻고 죽지 않고 삶을 어찌어찌 접붙이기라도 할 수 있는 거 아닌가. 만약 내가 이야기 속의 주인공이라면, 혹은 그게 아니라 내가 독자라고 해도 그런 결말을 기대할 거였다.

그러나 그는 내 귓가에 대고 이렇게 속삭이는 것

이었다.

　말씀해주신 꿈의 가격은, 영 원입니다.

　그렇게 말하고 그는 두 번 다시 나를 볼 일이 없다는 듯 등을 돌린 채 유유히 사라져갔다.

　그리고 모든 꿈을 빼내버린 내 몸은 여름날 한철 나무에 달라붙어 목 놓아 울다가 떨어진 매미처럼 그 자리에 스러져갔다.

영 원의 꿈 2021

기본소득한국네트워크의 소식지 《기본소득》 2021년 여름호에 수록한 소설이다. 필수 요건은 아니지만 발행 취지에 맞게 소득, 지출, 돈 관련 얘기가 들어가 있으면 더욱 좋겠다는 사인을 받고, 꿈을 꾸는 것은 물론 팔기조차 어려워진 세대 혹은 세태에 대해 썼다.

동사를 가질 권리

어느 날 창문을 때리는 비를 보며 그는 결심했다. 세상 모든 주어에게 모든 동사를 부여해야 한다고, 모든 주어는 그 어떤 동사라도 가질 권리가 있다고 말이다.

　그러니까 이 일에서 그가 시인이라기보다는 보통의 생활인이며 무한한 상상력을 지닌 인간이 아니라는 사실—글에는 여러 분야가 있고 누구나 뭐든 쓸 수 있는 만큼, 상상력이 빼어나지 않다고 하여 글쓰기에 중대한 결격 사유가 되지는 않을 것이다—을 어느 정도 감안해야 하는데, 모든 것은 비 때문이었다. 어째서 비는 내리기만 해야 하는가?

정확하게는, 내려야 할 의무만 지니고 내린다는 법칙만 주어지는 것인가? 이 점이 그의 불만이었다.

물론 비는 적절한 목적어나 부사어와 결합하여 타동사를 취한다면 창문을 '때릴' 수도 있고 바닥을 따라 '흐를' 수도 있으며 움푹 꺼진 자리에 '고일' 수도 있다. 그러나 위로 솟구쳐 오르거나 튀어 오르기 위해서는 이미 웅덩이로 고인 비를 구둣발이나 자전거 바퀴 등 외부 요인이 밟았다든지 좀더 여러 가지 정황이 추가되어야 하며, 이때 물리적 충격으로 상승하는 것은 비 자체라기보다는 비로부터 파생-분리된 빗방울, 즉 물방울이라고 보아야 한다. 만약 '비가 솟구쳐 올랐다'는 문장을 쓰면 웬만한 사람은 '비가'에 붉은 줄을 긋고 '빗방울이'라고 의미를 구체적으로 한정하는 교정 지시 사항을 기입하지 않기가 어려울 것이다. 말하자면 비는 무엇을 어떻게 하더라도 아래로 내릴 수는 있지만 중력을 무시하고 위로 올라갈 수는 없는 것이다.

의인법을 동원하면 비는 노래한다. 비는 기도한

다. 비는 아이들의 얼굴을 어루만진다, 까지는 자연스러우나 비가 달려간다, 부터는 왠지 모르게 저항감을 가질 수 있다. '빗방울이' 혹은 '비바람이' 잎맥이나 벽을 타고 달음질치는 정도에서 안정감을 느낄 것이다. 비 다음에 어지간한 목적어를 넣더라도 입이 없는 비는 그것을 먹거나 마실 수 없다. 강력한 산성을 지닌 비는 낡은 건물이나 금속을 좀먹어 들어갈 수는 있으나 아무래도 비가 빵을 먹고 차를 마신다는 그림은 선뜻 그리기 어려울 것이다. 가시적인 완력이 없다고 간주되는 비는 바위의 멱살을 잡거나, 바람의 힘을 빌리지 않고선 나무를 부러뜨릴 수 없다. 비가 수백 년 동안 떨어진 자리가 닳아없어지거나 부식되는 것을 일컬어 먹고 마시고 깨뜨렸다고 보기는 어려우며, 이 부식은 빛과 바람과의 화학적 합작이기도 하여 온전히 비만을 주어로 삼기는 어려운 데다, 이때 최대한 시적 허용을 동원하더라도 주어로는 비보다 빗방울이 어울린다.

크기와 무게와 성분과 질량과 용도와 가치와 생

각할 수 있는 그 모든 요소가 서로 다른 세상의 모든 것이, 같은 무늬 틀에 찍혀 나온 쿠키 반죽과 같이 동등하게 존중받아야 한다고 믿는 그는, 이러한 문법이 비에게 부당한 처사라고 생각했다. 그리하여 일반적으로는 연결 짓기 어렵거나 불가능한 주어와 서술어—형용사나 부사가 서술어의 자리를 채울 수도 있겠지만 아마도 동사가 절대적인 비중을 차지하리라—만으로 이루어진 글을 쓰기로 작정했다. 누가 그것을 읽고 의미를 이해하는지는 나중 문제였다. 주어에게 논리적으로 합당한 동사를 주었다고 하여 그걸 읽는 모든 이가 매번 행간을 이해하고 그에 공감하는 것은 아니니까 말이다. 별개로 그는, 공감이야말로 본질적으로 불가능하며 미래나 내일만큼이나 영원히 다다를 수 없음을 전제로 한 개념이자, 인류가 발휘할 수 있는 최소한의 위선 내지 도취에 의한 착각이라는 견해를 갖고 있다. 공감을 끌어낸다. 공감을 일으킨다. 공감을 가장한다. 그런데 공감을…… 먹는다? 이건 가능한

가? 유튜브 등의 숏폼 콘텐츠 제작자가 저는 당신들의 공감을 먹고 삽니다, 하며 구독과 좋아요 버튼을 호소할 때는 말이 된다. 그러나 공감을 마신다, 공감을 피운다, 공감을 닦는다, 공감을…… 그러고 보니 서술어와 엮일 수 있는 것은 주어만이 아니라 목적어도 해당했다.

따라서 그는 이렇게 결정했다. 모든 주어에게 모든 형용사와 동사를, 모든 목적어에게 모든 타동사를. 그 정도의 기초적인 평등을 전제로 하지 않고서는 그가 생각하는 궁극의 글쓰기에 영영 닿을 수 없을 터였다.

그러고 나자 그의 글쓰기는 말이 되지 않는 것은 아닌데 그야말로 말만 되어서 실상 말이 된다고 보기도 어려운, 문법적으로 틀리지는 않았으나 문법에 맞기만 한, 그것을 이었을 때의 연결고리는 연약하기 짝이 없는 로렘 입숨 같은 더미가 되었다. 행간에 무언가가 숨어 있는 듯하나 실은 그 무엇도 없는 말들. 콘텐츠가 아닌 폼과 셰이프를 위해 만들어진 말들. Lorem ipsum dolor sit amet consectetur.*

어쩌면 말이 아니라 물일지도. 물이 아니라 밀일지도. 무엇이 들어가든 상관없는 자리. 무엇으로 채워지든 누구도 눈여겨보지 않거나 자신이 보고 싶은 것에만 집중할 수 있는 자리. ㅁㅑㄹㅜㅓㅐㅁㄹㅔ 같은 것만 아니면 괜찮은. '보시기에 좋았더라'는 반응을 유도할 수 있는 형태만 갖추고 있다면 그게 무엇이든 다를 바 없는. 거기에 생각이 이르자 그는 이어서 주어의 자리에 그 어떤 명사든 넣어도 무방하다는 확신마저 들었다.

그 결과 그가 쓴, 그가 끈, 누가 뜬, 글은, 끌은, 뜰은, 세상 어느 곳에서도 환영을 받기는커녕 어떤 번지수에도 닿지 못한 채 사라질 운명이 예약되었고,

---

* 로렘 입숨은 1500년대부터 인쇄와 조판 산업에서 레이아웃을 편집하는 데 쓰인 무작위 더미 텍스트를 가리키는 이름이 되었지만, 읽었을 때 별다른 의미가 없다고 하여 아무 글자나 얹어놓은 것은 아니다. 최초의 로렘 입숨은 기원전 45년 키케로의 《선악론》에서 발췌한 문구를 뒤섞어 놓은 것이라고 하며 그 문구는 다음과 같다. Neque porro quisquam est qui dolorem ipsum quia dolor sit amet, consectetur, adipisci velit고통 그 자체를 사랑하거나 그것을 추구하거나 원하는 사람은 없다.

그것은 거기 어떻게든 의미를 부여하고자 하는 이들을 제외한 세상 대부분의 공감을 먹지도 줍지도 입지도 못하는 오브제가 되었다. 그의 새로운 글을 본 사람들은 어떤 깨달음도 감동도 즐거움도 그리고 무엇보다 위로도 얻지 못했는데 심지어 최소한의 의미조차 해독할 수 없으니 쓸모없는 정도를 넘어 인간 보편 정서에 해로운 시간 낭비에 불과하다고 하며, 아무 데고 '비대한 자아'라는 두 단어를 전가의 보도처럼 휘두른 끝에, 역설力說 혹은 욕설을 동원하여 그걸 책으로 펴내기 위해 베어진 나무를 애도하고, 나무 한 그루를 잃은 지구의 운명에 우려를 표했다.

바닷속 플라스틱처럼 분해도 안 되고 쌓여만 가는 문장의 공해 한가운데에서 그의 마음에는 한 자락의 평화가 찾아들었다. 어쩌면 그가 진정으로 바란 것은 있는 힘을 다해 무의미해지는 것이었다. 그 자신을 포함하여 지금까지 존재했던 수많은 작가가 제각기 싸지르거나 게워낸 모든 글은 로렘 입숨의 무한 변주 반복에 불과할지도 몰랐고, 글을 쓰면 쓸수록 아무것도 쓰지 않는 것이 아무거나 쓰는 것과 다를 바 없어졌으며, 그 사실을 알아차렸을 때 그는 비로소 그 무엇도 쓰지 않음—세상에 어떤 글도 존재하지 않음이야말로 자신이 꿈꾸던 궁극의 글쓰기임을 인정하게 된 것이다. 정적보다 완벽한 음악이 없듯이, 점 하나 찍지 않은 흰 도화지가 화려한 그림을 압도하듯이, 태어나지 않음이야말로 가장 안전한 삶이듯이.

동사를 가질 권리 2022

이어 붙였을 때 도무지 말이 되지 않는 소설을 오래도록 간절히 쓰고 싶었지만, 실제의 내가 할 수 있는 일은 말이 되지 않는 소설을 쓰는 사람에 대한 이야기일 뿐이었다. 소설을 처음 발표하기 시작했을 때부터 '빠르게 후루룩 읽히는 가독성 좋은 글'을 쓸 생각이 없다고 끊임없이 강조해왔지만, 소재와 이야기 혹은 인물이 두드러졌던 탓(늑 덕분)에 그 의사는 매번 묻히곤 했다. 그럼에도 근년에는 이야기 자체에 대한 의문을 이야기로서 드러내고 있다. 소설에 이야기가 꼭 있어야 한다고, 심지어 선명하고 강력한 주제의식마저 있어야 한다고 누가 결정했을까? 드러낸 건 근년간이지만 실은 10년을 해온 생각이다. 내 소설을 보고는 아무도 그걸 믿지 않았지만. 현재는 정신 차리고 보니 어느새 스토리텔링이며 콘텐츠의 홍수 한복판에 있는 내 모습을, 지속적으로 낯설게 여겨야 한다고 믿는다. 비록 잘 되지 않더라도 자기가 안착한 의자에서 일어나 다른 데로 옮겨 가기 위한 시도를 중단하지 않겠다고 생각해본다.

날아라, 오딘

내일이 디데이다. 용맹한 너의 출전이다. 앞서 너의 친구들이 떠난 길을 너도 갈 것이다. 이렇게 말하는 나도 마음이 편하지는 않다. 이것이 너의 자랑스러운 훈장이 될 수 없다는 사실을 안다. 작전 성공과 함께 눈부신 성취감을 느껴야 마땅할 너는, 작전이 성공한다면 더 이상 세상에 존재하지 않고 다만 한 줌의 아이러니로 남을 것이므로.

너는 내일 네 체중 절반쯤 되는 폭탄을 배낭에 지고, 네가 오랫동안 친구라 믿고 따르던 이가 보내는 신호에 따라, 야만적이고 차갑고 육중한 거인을—저들의 단단한 탱크를 향해 달릴 것이다. 리허설도 리테이크도 없이 단 한 번의 질주와 습격으로 모든 것이 완성되는 무대이다. 이날 한순간을 위해 너는 나와 함께 적지 않은 시간 동안 모의훈련을 해왔지. 저들이 너를 발견하고 처음에는 머리라도 쓰다듬어주고자 손을 뻗다가, 이내 너의 등에 멘 배낭을 발견하고 아차 싶어 소총을 조준할 때는 이미 늦어서 네가 몸을 굴려 탱크 밑으로 들어가 있을 테며, 그들이 나오라고 발을 잡아 끄집어내려 해도 그 자리에 납작 엎드려 실랑이를 벌일 테고, 저들이 급한 마음에 너를 죽여 시신을 꺼내거나 탱크를 다른 데로 이동하려 하겠지만, 이쪽에서 원격으로 스위치를 올리는 순간 배낭은 폭발할 것이다. 그와 함께 저들이 탑승한 탱크도 산산조각 나겠지. 탱크 이전에 너는, 굴러다니는 몇 조각의 뼈마디를 제외하곤 흔적도 없이 사라지겠지.

고가의 무기를 못 쓰게 부수는 것은, 출전 가능한 병사의 수를 줄이는 것만큼이나 아직까지는 우리의 전투 현장에서 중요한 작전 가운데 하나다. 앞으론 어떻게 달라질지 모르지. 이 세계의 기술은 하루가 다르게 발전하며, 미래의 어느 날엔가는 병사도 필요 없이 권력자들 몇몇이 모여 앉아 화면이나 들여다보면서 그 위에 손가락으로 점을 찍는 행위만으로도 무고한 바다를 흔들고 대지를 가라앉게 할지도. 그러나 만약 그런 날이 온다 해도, 그것은 지금을 포함하여 오랜 세월 너와 네 친구들이 무수한 죽음으로 다져놓은 기반 위에서만 성립할 것이란다. 또한 그때는 살아 있는 우리 모든 존재가 이 세상에서 없어진 다음일 테니, 너는 너무 억울해하지 않아도 좋겠다. 나도 언젠가 그리 멀지 않은 어느 날, 먼저 떠난 너의 영혼을 뒤따르고말고. 그날 우리 다시 만나자. 아니, 죄 없는 너는 천국으로. 나는 지옥으로. 우리는 결코 만나지 못하겠구나.

너를 처음 만났을 때가 기억난다. 나는 이런 일을 하는 만큼 너 같은 존재들과 눈을 마주치고 충분히 훈련시키고 결전의 장소로 떠나보내는 일에는 이골이 났으므로, 언제든 조속한 시일 내로 작별해야

하는 것들을 굳이 사랑하지 않았으며 너 또한 내게
특별하지 않아야만 했다. 동물 훈련 교관이란 그런
것이다. 어디까지나 목적과 필요에 따라 꼭 계량된
만큼 적정 수준의 온기를 제공한다. 그 어떤 귀여움
과 사랑스러움 앞에서도 이 원칙은 흔들리지 않으
며, 사실상 훈련용으로 모인 너희의 얼굴에는 태생
이나 살아온 내력, 유기된 경로 등으로 비추어보았
을 때 이미 자신의 운명을 예감하고 체념이 드리워
져 있곤 하지. 너희를 대할 적에 나는 이 위업을 완
수하는 한 개의 주춧돌, 근시일 내 소모될 병기로만
바라볼 뿐 죄의식은 한 점이라도 남겨두어서는 안
되며, 훈련을 위해 아주 잠깐 주인인 양 따뜻한 가
족을 연기하는 것이다.

그럼에도 너희는 다른 동물들에 비해 훨씬 나은
대우를 받고 있다는 데 대해 나는 훈련 교관으로서
일말의 안도와 자부심을 느낀다. 물론 훈련 내용 자
체는 혹독하겠으나, 적어도 결전의 그날 아침까지
는 충분한 식사와 아늑한 잠자리를 제공받으니 말

이다. 탱크 파괴를 위해 그 목숨이 던져지더라도 그건 병사의 일원으로서가 아니냐. 완벽하고도 신속한 죽음에 매번 성공하는 것은 아니나, 대체로 즉각 폭사로 인하여 고통을 오랫동안 느끼지 않아도 된다는 게, 병사에게는 오히려 구원이나 다름없다. 너희 말고 다른 종에 속하는 친구들은 이런 대우를 받지 못하고, 심지어 숨을 거둘 때까지 물 한 모금 마시지 못하는 경우가 많다. 그들은 주로 의료 실험에 쓰이는 부류다.

의료 실험이라고 하면 보통은 신약 개발 과정에서 적응증을 살피고 부작용을 판독하여 더욱 좋은 약을 만든다든지 효과적인 치료를 위해 많은 개체 수를 대상으로 투약하는 것을 떠올리기 쉽다. 그러나 전쟁터에서의 의료 실험이란 그처럼 신사적이며 섬세한 한편 궁극적으로 질병을 타파하겠다는 신성한 목적을 지닌 행위와는 거리가 멀다. 이를테면 이런 것이다. 다섯이면 다섯, 열이면 열 마리를 향해, 같은 거리에서 같은 탄환으로 같은 신체 부위에 총을 발사한다. 동일한 신체 및 환경 조건에서 머리에 총알이 박힌 채로 얼마나 오랜 시간을 살아 있을 수 있으며, 박히지 않고 관통한 경우 기대 수명은 얼마나 더 늘어나는가? 부상당한 개체는 일정 시간 동안 얼마큼의 피를 흘리며, 총 몇 퍼센트의 피가 유실되어야 완전히 죽음에 이르는가? 이를 측정하기 위해 머리에 총알을 박아 넣고, 시간별로 실혈 비율과 그에 따른 생체 반응의 변화를 관찰 기록한다.

그러니 부상당한 한 마리가 그 어떤 구호 조치나 물 공급을 받지 못한 채 피를 흘리면서 만약 스물네 시간을 살아 버티어낸다면 그 시간 동안 고통을 수반한다는 뜻이며, 물리적 스물네 시간이 당사자에게는 24년과 같을 것이다. 물론 그사이에 의식을 놓아버릴 수도 있지만 보통은 통증이 신경을 건드려 다시 깨어나곤 하며, 간헐적으로 기절하고 깨어나기를 반복하는 그 과정은 완전히 죽을 때까지 지속된다. 그러는 동안 개체는 자신에게 총을 쏜 병사를 간절한 눈빛으로 올려다보며 차라리 숨통을 끊는 자비를 베풀어주기를 온몸으로 호소하나, 그러면 정확한 실험 결과를 얻을 수 없으므로 그 청을 들어줄 리 없다.

이런 실험 결과는 병사들에게 지급해야 할 최소한의 안전장치 규모를 결정하고 군사작전을 결정하는 데에 쓰인다. 살육을 통해 쌓은 방대한 데이터가 우리 병사의 수명을 연장하는 데 조금이라도 도움이 된다면 좋겠는데, 우리와 각각의 기관 크기도 세포의 수도 성분도 다르게 구성되어 있을 종족을 일부러 해쳐서 실험한 데이터가 과연 얼마나 정확하고 효과적으로 우리에게 적용 가능한지 의심스러운 구석이 없지 않으나, 지금까지 그렇게 해왔고 앞으로도 전쟁의 방식이나 양상에 격변이 일어나기까지는 이 방법이 쓰일 것이다.

그러니 그들에 비하면 너는 적당히 안락하며 보람되기까지 한 희생이라고 여겨주렴. 정확한 살상력을 자랑하는 폭발물을, 탱크 한 대쯤 가뿐히 날릴

만큼 충분히 넣었단다. 일부 프로그램 오류로 인한 불발탄이 있다 해도, 그중 하나라도 적중하면 맞붙어 있던 다른 탄들이 연쇄적으로 폭발하지. 너의 고통이 오래 지속될 가능성은 제로에 가깝다고, 내 약속하마. 나를 믿어주렴. 그리고 우리를 위해 이 업을 달성해주렴. 앞서 간 다른 모든 아이와 마찬가지로, 1년에 하루 우리 부대에서 정한 기념일에 잊지 않고 묵념하며 너의 영면을 빌겠다.

간밤 좋은 꿈 꾸었니. 정말 너는 지금까지 겪어온 그 누구보다도 우수한 훈련생이다. 평소의 규칙에서 벗어난 시간인데도 기상 벨을 울리기도 전에, 네 어깨를 건드리기도 전에 이렇게 깨어 있을 줄 몰랐다. 네가 오늘 무엇을 해야 하는지 아는 모양이구나.

어제 내가 말하다 만 게 있지. 너를 만났을 때. 그래, 너 또한 특별하지 않아야만 했다. 그러나 어쩌겠니, 너는 이미 내게 특별한데. 다른 개체들과 달리, 우리가 처음 만난 건 이 기지에서가 아닌데. 너는 태어났을 때 그 어미로부터 분양받아 우리 가족이 오랫동안 품고 키워온 아이인데. 세상 그 어떤 의심도 없는 부드럽고 촉촉한 갈색 눈동자가 나를 올려다보고 내게 머리를 기대고 내 발을 핥았을 때부터, 우주에 존재하는 모든 위험으로부터 너를 지켜주고 싶다고 생각했던 게 엊그제 같은데.

아무리 유기된 아이들이 많고 조직적 계획적으로 교배하여 개체 수를 늘리더라도, 사방이 지옥인 특수 상황에서는 그 어떤 동물들도 모자라 허덕인다. 전쟁이 길어질수록 실험실의 동물들도 가능한 한 아껴서 최소한의 대조군을 두어야만 하지. 열 마리를 해칠 것을 여덟 마리, 네 마리, 마침내 두 마리로 줄여가면서. 그럼에도 불구하고 차출된 개체들의 규모에는 한계가 있어서, 마침내 민간 가정에서도 그들이 키우던 가족을…… 내놓아야만 하게 되었지.

전쟁 중에 모자란 것이 어디 동물뿐이겠니. 우리 병사들도 애당초 부족한 데다 폭격과 야습으로 꾸준히 죽어 나가니 모집 나이와 신체 조건의 해당 범위를 대폭 조정하기에 이르렀고, 그러고도 모자라 지금은 몸이 불편한 자들도 완전히 못쓰지만 않는다면 징집하는 형편이다. 취사병이나 무전통신병 같은 업무는 직접 나가 싸우는 게 아니니 말이다. 그렇게 간신히 병사를 모아놓고도 이번엔 그들에게 지급되어야 할 생필품이나 식량 등의 보급품이 턱없이 부족하지. 그런 현실 조건 앞에서 모든 애정이나 감상은 무의미했다.

아버지가 보내온 편지에는, 너를 떼어 보낼 때 내 누이가 울다 혼절했다고 적혀 있었다. 끝에는 누이가 애국의 과업을 앞두고 슬픔을 절제하는 미덕을 보이지 못해 미안하다는 추신도 붙었다. 나라고 너를 이런 데로 데려오고 싶었을 리가. 우리의 평화로운 내일을 위한 아름다운 희생이라는, 너는 언제나 가족이었으며 이후로도 우리 마음속에 살아 있으리라는 허울 좋은 말이, 막상 케이지 안에 다른 개체들과 한데 갇혀 배달된 너를 보는 순간 입속에서 산산조각 나버렸다. 그동안 위기에 짓눌리고 상황에 중독되며 군령과 지시에 따라 많은 개체를 죽음의 길로 보내고서도 알지 못했던, 굳이 알아내지 않으려 애썼던 감각이 너를 보자 비로소 수면 위로 떠올랐고, 수없는 죽음에 얽힌 통곡과 원망과 비난이 내 귓바퀴를 할퀴었다. 나는 이 죄를 씻지 못할 것이다. 네가 온 날부터 시작된 이 환청에서 영원히 벗어날 수 없을 것이다.

그러니 나는 어젯밤 내 목을 맬 질긴 노끈을 주머니에 감아 넣었고 이를 매달 튼튼한 나뭇가지도 물색해두었으므로, 너는 이제 그 누구도 모르는 곳으로 멀리 달아나도 좋다. 아니 달아나야만 한다. 달리는 발에 한계가 있으니 부디 날아갔으면 좋겠는데, 신의 보살핌이 없이는 너나 나나 그런 일은 불가능하겠지. 우리는 모두 유한하고 보잘것없다는 사실에 있어서만큼은 동일한 개체. 어차피 오늘 너의 임무가 차질 없이 끝난다고 해도 나는 이 일을 실행에 옮길 작정이었으므로, 설령 네가 도망간다고 하여 내가 군령 위반으로 문책당할 일은 없단다. 네가 폭사하는 걸 보고는 나도 더 이상 살아 있을 수 없다고 생각해 준비한 노끈이지만, 반대로 네가 훨훨 멀리 날아가버리기라도 한다면 오히려 나는 기쁨과 안도를 간직한 채 세상을 등질 수 있지 않을까 한다. 물론 이로써 그동안 내가 죽음의 길로 몰아넣은 무수한 생명에 대한 죄를 갚을 수 있으리라는 기대는 털끝만큼도 없다. 나는 그저 너 하나만을 놓아 보내고 싶을 뿐인 이기주의자다.

자, 시간이 없다. 늦어도 30분 뒤에는 작전 명령이 떨어질 것이다. 지금 아무도 보는 자가 없을 때 할 수 있는 한 멀리 달아나라. 눈이 가려진 채 이곳에 온 네가, 멀리 떨어진 내 아버지와 누이의 집으로 다시 찾아가기는 어려울 것이다. 꼭 집이 아니더라도 이 세상 그 어딘가에서 부디 새로운 만남을 찾는 행운이 너와 함께하기를. 그곳에서는 전쟁도 다툼도 없는 평화로운 나날을 누리기를. 인간이 그 어떤 착취와 부역과 폭력에도 시달리지 않고 인간답게 산

다는 게 어떤 것인지 알게 되기를. 그 어디서도 잊지
마라. 너와 같은 종족, 인간 모두는 이 세상에 온 이
상 그럴 자격이 충분히 있다는 것을. 그리고 나와 같
은 개는 잊어버리고 새로운 개를 주인으로 맞이하
여, 이 개들의 세계가 반드시 생명에 대한 학살만을
일삼는 곳은 아니라는, 변명 같은 진실을 알아주기
를. 너의 이름 오딘은 우리 개들의 오랜 신화 속에서
최고의 지위를 자랑하는 전사였으나, 지금 이 순간
은 내가 사랑하는 단 한 인간의 이름이다.

날아라, 오딘 2018

걷는사람 출판사에서 발간한 작가 16인의 앤솔러지 《무민은 채식주의자》에 수록한 소설을 수정했다. 전쟁터에서 탱크 폭파 작전에 이용된 개들과 실험용으로 학살당한 돼지 및 기타 포유류에 대한 자료는 《동물은 전쟁에 어떻게 사용되나?》(앤서니 J. 노첼라 2세 외, 곽성혜 옮김, 책공장더불어, 2017)를 참고했다. 세부 사항은 허구이다.

예술은 닫힌 문

모든 연주자가, 불참 시 사돈에 팔촌까지 몰살해버리겠다는 위협에 코가 꿰여 어쩔 수 없이 온 건 아니다. 공문을 보고 부와 명예를 얻고자 순진하게 찾아온 먼 도시의 재주꾼들이 더 많다. 세상 모든 연주자여 우리 성으로 모여들라, 라는 왕의 공문에는, 우승자에게 큰 상금과(정규 앨범 제작비는 별도) 무대 공연 기회를 준다는 달콤한 옵션만 적혀 있을 뿐, 탈락자는 사면이 창살로 둘러싸인 사자 우리에 한입 저녁거리로 던져진다는 불이익이 명시되지 않은 것이다. 어디까지나 극단적인 예를 들었으나 모든 거래와 영예에는 그에 수반하는 리스크가 있다. 악의적인 트릭이 숨겨진 문제

("지금 내가 무슨 생각을 하고 있는지 맞혀봐")에 정답을 말한 기사는 공주와 결혼하지만 오답을 내면 사형당하고, 공주와 달리기 시합을 해서 이기면 결혼과 함께 나라의 모든 땅을 상속받지만 한 걸음이라도 뒤처진다면 역시…… 그건 일종의 패턴이다. 그러니 그 패턴을 충분히 인지하지 못하거나 설령 인지하더라도 인식에는 이르지 못한 채 무언가를 감지하고 분석까지 했다한들, 여러 불길한 신호를 무시하고 모여든 이들은 전적으로 책임을 져야 한다. 주로 그의 목숨으로.

여기서 왜 부상副賞은 거의 항상 왕자가 아닌 공주인지, 있는 힘껏 팔을 뻗어도 선뜻 닿을 수 없는 곳에 있는 부와 명예는 어째서 공주로 치환 내지는 대유되는지, 공주는 아무리 지략과 신체가 뛰어나더라도 언제나 획득과 증여의 대상으로만 존재하는지, 거기에 대해서는 따지지 않는 게 낫다. 공주가 인형이 아닌 살아 움직이는 사람이라는 사실만큼이나, 한 개인이 감당하기 힘든 부와 명예는 한자리에 머무르지 않고 이동과 변신을 거듭하는 생물에 가깝다는 점만 기억하기로 한다. 연주자들은 아직 손에 넣어본 적 없는 그것들의 크기와 무게, 오탁汚濁에 대해 알지 못한다. 이들 대부분은 세상에 난무하는 수많은 음향과 음성의 한복판에서 자기가 원하는 단 하나의 프레이즈에 귀를 기울이고 그것을 나름의 방식대로 구현하면서 살아온 것이다.

첫 번째 팀이 예선 무대에 오른다. 이들은 어려서부터 함께해온 동네 친구들이다. 나무를 깎아 타악기를 만들고 남이 쓰다 버리거나 넘겨준 기타에 줄을 갈아 끼우며 연습해왔다. 처음에는 영광과 돈을 위해서가 아니라 어디까지나 그것이 좋아서. 자신이 조작한 대로 울려 퍼지는 선율과 리듬이 바람을 일으키고 나무를 흔들며 잠든 곰을 깨우거나 새들을 춤추게 하는 것이 좋아서. 무엇보다 그 경지에 이르기까지, 갈라지고 터진 마디 굵은 손가락에서 배어나오는 핏방울이 좋아서. 피야말로 신의 고통과 죄 사함 내지 왕정을 무대로 한 복수극 안에서 보통 '피 값을 치른다'는 관용어로 대유될 만큼 존재의 근원이며, 고통의 증거이자 보람이므로.

그러나 인생에서 수행하는 대부분의 일이 그러하듯이, 피를 많이 흘렸다고 하여 그에 합당한 보상을 받는 것은 아니어서, 연주자들은 공급 없이 출혈만 반복하는 삶에 지쳐 나가떨어지기 직전, 이 서바이벌 경연이 마지막 기회라는 생각으로 나왔다. 공고문과, 참가 접수 안내서 및 비밀 유지 서약서 그 어디에도, 서바이벌의 의미가 진짜 생물학적인 의미에서의 살아남음을 가리킨다는 문구는 명시되지 않았다. 참가자들은 각자의 참가 동기와 포부를 밝히는 시간이 주어졌을 때 누구 한 명 예외 없이, 필사적으로 매달려보고 버텨보겠다는 생각으로 이 자리에 섰으니 반드시 우승하겠다는 각오를 밝히곤 했으며, 그 가운데 간혹 어떤 팀들은 '목숨을 걸고', '사력을 다해', '이번이 아니라면 정말 죽음뿐이라는 생각으로', '이걸로 진짜 끝장을 보겠다는 마음으로' 같은 표현을 간단히 동원함으로써 자신의 간절함을 피력했지만, 그 죽음이 문자 그대로의 사망을 가리킨다고는 상상도 하지 못했다.

그래서 첫 번째 팀이 연주를 시작하고, 예선 통과의 등불을 켜는—객석에서 최소 열 점의 불빛이 밝혀져야 합격이다—제한 시간인 90초가 되어서도 그들의 정체를 가린 장막이 열리지 않아 탈락한 뒤, 관객은 장막 너머 실루엣으로만 보이던 연주자들이 노래 1절이 채 끝나기도 전에 긴 칼날 같은 비명과 함께 갑자기 사라지자 어리둥절해한다. 정말로 연주자들이 서 있던 발밑의 뚜껑이 열리며 지하로 떨어진 것이다. 몇몇 관객은 깜짝 놀라 반사적으로 객석에서 일어나 고개를 좌우로 기웃거리기도 해보지만 그런들 땅으로 꺼진 이들이 보일 리 없고, 아마도 그들은 특별한 장치에 의해 안전하게 추락하여 에어매트 같은 데 떨어졌을 거라는 추측이 곳곳에서 나온다. 생각해보면 순전히 구경꾼들의 오락을 위해 그런 장치는 자주 동원되게 마련이었다. 외나무다리에서 예능인들이 마주 보고 서로의 손바닥을 밀쳐내며, 패자는 아래에 채워진 수영장의 맑은 물에 빠지는 모습. 승자는 두 손 들고 환호하며, 떨어진 물속에서 금방 빠져나오지 못해 허우적거리는 패자도 웃고, 모두가 즐거워하는 광경 말이다. 그러므로 관객은 안심해도 되었다. 관객이 한 일은 그저 노래와 연주를 듣고 그것이 자기 취향에 맞는지 자신을 감동시켰는지, 혹은 취향과 전혀 다름에도 불구하고 호불호의 장벽 따위 초월할 정도로 뛰어나고 완벽한지를 전적으로 개인 기준에 따라 판단하여 손안의 등불을 켜거나 켜지 않은 것뿐이었다.

허방에 빠진 연주자들은 처음에는 서로 다치거나 부러진 데는 없는지 살피고, 다음으로 어안이 벙벙해서 조명 한 점 없는 주위를 둘러보다가, 마침내 어둠 속 저편에서 빛나는 맹수의 눈을 발견하고 절규한다. 이런 부당하고 무도한 일이 어디 있나, 고작 노래인데, 그저 연주일 뿐인데 죽어야 한다니! 그것도 맞음과 틀림이 아닌 좋음과 싫음의 주관적 혹은 즉흥적 판단에 따라! 그러자 어디선가 왕의 집행관인지 심부름꾼인지가 준엄한 목소리로 그들을 윽박지른다. 목숨을 걸겠다더니 그냥 해본 말이었나? 이제 와서 고작 노래, 겨우 연주라고 그 무게와 가치를 깎아내릴 참인가? 죽음도 불사하겠다더니, 이걸로 끝장을 보겠다더니, 청중에게 거짓을 들려주었나? 그래서 너희는 안 되는 것이다.

평생을 악기와 농기구 정도만 잡아보았을 뿐 토끼 이상으로 큰 동물을 상대해본 적 없는 친구들은, 짐승에게 목덜미를 물어뜯기기 전 서로의 손을 잡고 마지막 인사를 나눈다. 오늘 네 연주는 단 한 소절도 틀리지 않았어. 맞다, 너 오늘 웬일로 가사 한 마디도 안 까먹었더라. 너희랑 함께 연주할 수 있어서 즐거웠어.

사람이 하는 연주에 심금을 울린다느니 같은 고루하고도 주관적인 기준이 아닌 어디까지나 객관적인 기준을 적용한다고 할 것 같으면, 두 번째 팀은 첫 번째 팀보다도 나을 것이 없다. 우선 일부 음이 이탈되고 뭉개져서 연주 자체에 능숙하지 못하다거나 연습 시간이 부족했으리라고 의심해볼 만한 구석이 있으며, 보컬은 안타깝게도 노래 도중 덜 삭은 가래가 끓어오르는 바람에 어느 소절에 이르렀을 때 잡음 섞인 목소리를 내고 만다. 노래와 연주로 먹고살기에는 기본 재능이 모자랄지도 모르고, 기술력으로 때우려면 재능 있는 자들의 최소 열 배는 되는 노력과 시간이 필요하며, 다만 취미로 이어가자고 하면 나쁠 것도 없으나, 큰 상금과 명예가 걸린 경연인 만큼 그런 가벼운 마인드로는 어림도 없다는 합리적이고 경제적인 판단이 관객 사이로 퍼져나간다.

그리하여 역시 그들을 가린 장막이 열리지 않고 탈락 신호와 함께 허방에 떨어진 두 번째 팀은, 훅 끼쳐오는 피 냄새에 경악한다. 한 번만, 다시 한번만 기회를 줘! 이건 억울하다고, 90초라니 말이 되는 소리를 좀 해! 90초는 한 사람의, 한 팀의 역량을 판단하기에 터무니없이 짧은 시간이라고. 한 곡의 노래로 쳐도 아직 클라이맥스조차 나오지 않을 시간이라고! 너희가 우리의 무엇을 안다는 거야. 어떻게 역량을 평가한다는 거냐고. 무슨 자격을 가지고!

그러자 왕의 관계자이자 이 모든 무대를 만드는 데 진두지휘를 하는 집행자, 말하자면 제작자라고 할 만한 이가 두 번째 팀을 비웃으며 말하길, 자네들의 주장에는 일리가 있네. 아름다움과 기분 좋음에 대한 서로 다른 기준을 가진 이들이, 무엇을 도구 삼아 타인의 기량과 예술성을 판단한다는 말인가. 나에게는 열렬한 흠모의 대상이 누군가에게는 헌신짝 이하에 불과하며, 반대로 나에게 사악하거나 역겨운 것이 타인에게는 극상의 감미일 텐데 말일세. 그러나 잊지 말도록 하게. 타인의 역량을 함부로 평가하고 난도질하여 누군가를 떨어뜨리고 누군가를 위로 올려주는 무대에 뛰어들기로 선택한 것은 본인들이라는 사실을. 그 목적이 상금이든, 이름 한 번 알려보겠다는 것이든, 뭐든 말일세. 마기말로 자네들이 합격자였다면 90초니 자격이니 조금도 문제삼지 않았을 게 아닌가?

두 번째 팀은 더 이상 아무 말도 하지 못했다. 아무 말도 하지 못한 까닭은 어쩌면 제작자의 논리를 인정해서가 아니라, 합리와 실익을 셈하기 전 이미 아무 말을 할 수 없는 상태가 되어버렸기 때문인지도 모른다.

이변은 세 번째 팀이 무대에 올랐을 때 벌어진다. 이변이란 일상에서는 판돈을 걸고 순위를 매기는 각종 경기에서 뜻밖의 결과를 가리키는 말 정도에 국한되어 쓰이곤 했으므로, 지금 생긴 일은 어쩌면 사고나 변고, 재난 이상으로 나아가 변괴라고 부름이 더 마땅할지 모른다…… 어디까지나 음악, 예술의 입장에서만 보자면 말이다.

짧은 전주가 나올 때부터 무언가 심상치 않다고 느낀 사람들은 서로의 얼굴을 바라보며 손안의 등불을 만지작거린다. 세 번째 팀의 음악은, 단지 서

투르고 숙련이 덜 됐고 같은 문제가 아니라 일단 음악 이전의 무엇이다. 최소한 소음이 되지 않도록 노력은 하는데 그 노력으로 인해 더욱 만신창이가 되어버리는 선율과 리듬이…… 산패 직전의 치즈가 흘러내리는 듯한 소리가 청중 사이로 퍼져나간다. 최소한의 기본이 되어 있지 않고 극단적으로 말하자면 다들 오늘 처음 악기를 잡아보았거나 입을 처음 열어본 것 같다…… 어쩌면 오늘 태어난 것인지도 모른다! 그런데 아연실색해진 청중 가운데 일부가, 이 소동에 기가 막힌 나머지 웃음을 터뜨리며 등불을 켠다. 그리고 어떤 이는 갈채와 휘파람을 보내며 잘한다! 그렇지! 소리치기까지 한다. 그 함성은 격려도 담겨 있지만 어이없을 정도로 큰 웃음을 준 데 대한 답례이기도 하다.

　그리고 웃음은 전염된다. 가만히 귀 기울여 듣다보면 아슬아슬하게 맞을 둥 말 둥한 박자가 우스꽝스럽고, 미숙함의 단계 근처에도 가지 못한 서투름이 어쩐지 귀엽기까지 한 것이다. 최선이라든지 상식이나 객관적 기준 등 생각해야 할 모든 것을 머리에서 내려놓고 들어보니 정말 웃음이 절로 나오고, 거의 모든 사람들이 60초 안에 폭소를 터뜨린다. 이 많은 사람을 소리로 웃기는 게 쉬운 일인가? 사람에게 웃음을, 나아가 행복을 주는 재능이 귀하지 않은가? 사람에게 행복을, 기쁨과 감동을 주지 못한다면 예술이나 재능 따위 다 무슨 소용인가? 이때 사람들은 웃음이 지닌 다층적 의미를 분별하지 않고 웃음을 곧 행복과 유의어로 착각하는 우를 범하면서, 연쇄적으로 기쁨을 행복과 동의어로, 감동을 행복의 요건으로 인식하고 만다. 그리고 연주를 시작한 지 85초쯤 지났을 때 너 나 할 것 없이 에라 모르겠다며 저마다 쥔 등불을 밝힌다. 자신들이 줄 수 있는 것, 자신들이 휘두를 수 있는 권력은 손에 쥔 등불, 바로 그것이다.

장막이 걷히고 연주자들은 무대 앞으로 나오게 된다. 그들의 얼굴에는 우선 자신들이 여기 있어도 되는지 의심하는 듯 얼떨떨한 표정이 떠올랐다가 사라진다. 그다음으로는 자신들이 선택받았다는 기쁨과 도취감이 자리한다. 사람들은 이렇게 된 거 이판사판이라며 어디 끝까지 연주해보라고, 더욱 큰 함성으로 연주자들을 맞이한다. 그리고 그들이 현을 한 번 퉁길 때마다, 건반을 한 번 누를 때마다 자지러지게 웃어댄다. 웃음이 웃음을 부른다. 그리하여 행운의 주인공이 된 연주자들은 다음 관문에서는 더 이상 이 같은 우연한 방식이 통하지 않으리라는 것을, 즉흥대로 등불을 밝힌 청중은 다음번에 또 다른 팀이나 누군가가 그보다 더한 재미를 주면 자신들을 버릴 것이며 그러고 나면 자신들 또한 앞서 간 팀들처럼 사자 우리에 떨어지리라는 것을 미처 알지 못한다.

한편 지하에서는, 연주를 할 팔이 남아 있지 않지만 아직 숨은 붙어 있는 한 연주자가 제작자에게 항의한다. 여기서도 저 무대 위의 소리가 다 들린다. 모두 귀가 붙어는 있는가? 당신은 경연 제작자로서

부끄럽지도 않은가? 이것은 자기 자신을 포함하여 모두를 상대로 한 사기가 아닌가?

그리고 이미 출혈이 큰 연주자는 제작자의 이런 간단한 대답을 환청처럼 들으며 숨을 거둔다.

그게 바로 예술이라는 걸 아는 사람 앞에서 저 문이 열린다네.

예술은 닫힌 문 2022

모 방송사 토너먼트 경연대회 2차 예선에서 60초 어필에 실패한 아티스트는 지옥의 불구덩이라고 부르는 무대 아래쪽으로 떨어진다. 물론 추락시키는 게 아니라 기계가 안전하게 내려준다. 무척 잔인한 탈락 방식이라고 생각했는데, 수많은 서바이벌 예능을 요약한 게시물들을 둘러보니 그 정도는 약과였다. 인구도 현저히 줄어드는데 사회문화 전반은 더욱더 서바이벌 경쟁과 승자 독식에 미쳐 돌아간다. 이런 사회에서 예술은 얼어 죽을…… 같은 마음이 든다.

입회인

네가 이 글을 읽을 때쯤이면 나는 한 줌의 재가 되어 흰 눈발처럼 강물에 뿌려졌겠지. 생각해보면 이 일을 시작한 그날부터 나는 이미 이날을 준비해왔는지도 모르겠다.

킬케니 고양이에 대해 들어본 적 있니. 성질이 포악하여 한번 싸우자고 달라붙으면 죽을 때까지 서로를 물어뜯어 마침내는 그 자리에 저마다의 꼬리만 남는다는, 옛 구전 속 두 마리의 고양이 말이다.

두 마리의 킬케니 고양이가 있었네
그들은 서로 생각했지, 둘은 너무 많다고

그래서 그들은 싸우고 할퀴고 물어뜯었지

발톱과 꼬리만 남을 때까지

두 마리 대신 단 한 마리도 남지 않게 되었네*

꼬리부터 뜯기 시작하여 점점 몸 위로 거슬러 올라와 서로의 얼굴만 남는다면 모를까, 입을 써서 뜯는데 꼬리만 남는 게 현실적으로 말이 되느냐고는 묻지 말아주렴. 중요한 것은, 존재하는 생물이라면 모두가 무언가를, 사소하지만 자신에게는 중요한 것을 위해 모든 것을 걸고 있는 힘껏 입을 벌려 송곳니를 최대한 드러내며 물어뜯는다는 데 있으니까. 그것을 위해 싸우는 순간만큼은, 무언가라는 게 더 이상 자신의 일부가 아닌 전부가 되지.

*   There once were two cats of Kilkenny,
    Each thought there was one cat too many,
    So they fought and they fit,
    And they scratched and they bit,
    Till, excepting their nails
    And the tips of their tails,
    Instead of two cats, there weren't any.

위대한 이들은 세계의 재구축이나 질서 회복을 위해 투신한다. 영토 확장과 같은 생존 본위의 문제부터 시작하여 노동과 자유와 평등을 비롯한 권리를 위해, 무엇보다도 인류의 자존심과 명예를 위해. 자신의 명예를 드높이고 세상에 떨치기까지는 꿈꾸지 않더라도, 최소한 타의에 의해 이름이 더럽혀지는 일만은 막고자 하는 것. 사실상 그것이 결투의 이유 전부라고 보아도 좋다. 현실을 사는 개개인에게 있어서 명예의 요건이란 매우 다양하고 그중에는 지금의 기준으로 동의하기 어려운 것들도 있지. 예를 들어 나의 부모를 모욕했다든지, 나의 배우자를 빼앗았다든지 같은 경우는 대체로 동서고금 그럴 만하다고 여겨지지만 그리 거대하지 않은, 사소하다기보다 시시하다고 불러야 좋을 것 같은 이유도 있었다. 먼 과거 유럽의 어떤 청년은 옆자리에 앉은 신사가 "당신은 포크와 나이프를 왜 그리 어설프게 사용하느냐"고 핀잔을 주자 이에 결투를 신청하기도 했지. 그 청년은 패배했고, 고작 포크 때문에 목숨을 잃었단다.

실속을 추구하는 이들이라면 그 청년을 이해하기 어렵겠지. 세상에 정말로 그런 일도 있느냐고, 머나먼 고대에는 고작 바닥에 그린 그림을 밟지 말라고 했다가 병사의 칼에 맞아 죽은 철학자도 있었다 하나, 그건 철학자의 일생 전체에 제일 중요한 공식이거나 도형이었을지도 모른다 치고, 포크와 나이프 정도야 당장은 자존심이 상하더라도 그 자리만 모면하고 나면 그만인 것을, 아무것도 아닌 일로 목숨을 잃는 젊은 혈기에 혀를 내두르겠지. 그러나 나의 고작은 남의 고작과 같을까? 너에게 있어 아무것도 아닌 일이, 실은 그에게는 전부가 아니었을까? 이것을 잃으면 모든 것을 잃는 것과 다름없다고 할 만한 것이, 너에게도 언젠가는 생길지 모른다. 비유적인 의미에서가 아닌, 진지하게 목숨을 걸어도 좋은 것이 말이다. 극단적인 예를 들자면 작년에 이삿짐 정리를 위해 엄마가 버린 낡은 인형을 너는 소각로에서 찾아오기까지 하지 않았니. 필요하다면 그야말로 상대가 엄마라고 해도 결투장을 던질 수 있을 것만 같았지. 아니라고? 어디까지나 예를 든 거란다.

아빠는 서로에 대한 최소한의 예의가…… 예의라고 해야 할지, 양식이라고 하는 게 좋을지, 아무튼 기품에 해당하는 무언가가 한 조각이나마 남아 있던 시절의 유물 같은 사람이란다. 사적 복수가 횡행하고 법률이나 도리 또한 처음부터 그런 것 따위 존재하지 않았다는 듯 만신창이가 된 오늘날, 합의에 의해 링 안팎에서 벌어질 수 있는 광기를 제어하고 유사시의 충돌과 유혈을 막을 수 있는 마지노선 같은 역할을 하면서, 그 자신도 위험에 노출되어 있는 사람이지.

조금 가까운 과거로 거슬러 올라가 짚어보자면, 사람들은 광역 전기 신호로 미약하게 연결되어 있을 뿐인, 물리적으로는 조금도 이어졌거나 밀착했다고 보기 어려운 존재를 향한 보통의 악의를 감추지 못하여, 수많은 말실수와 욕설과 비아냥거림과 조롱을 주고받거나, 제 무기고의 아이템이 털렸다는 이유로, 얼굴 모르는 서로를 향한 온갖 드잡이와 협잡과 공론화와 합의와 번복 끝에 마침내는 만나서 결착을 짓기 일쑤였다. 그 시대의 말로는 현피를 뜬다고 일컫는 행위였다.

뱀이 지혜의 선물을 건네주었을 때부터 인간의 가장 오래된 관심사이자 취미는 어쩌면 적대가 아니었을까. 적이 없다면 수고롭게 적을 만들고 그것을 무찌르는 것, 침탈과 노략이 불가능하다면 최소한 비난하여 그를 모욕하고 그의 평판을 깎아내림으로써 그가 서 있는 땅의 범위를 한 뼘이나마 줄여나가는 것 말이다. 그런데 중세시대 이후 법률에 의거하지 않은 모든 개인적 결투는 금지사항이었고 발각되면 결투 관련자 모두 처벌을 받게 마련이라, 승리자 또한 승리를 만끽하기보다는 자신의 가산을 챙겨 국경 너머로 도망가기 바쁜 경우가 많았다. 그럼에도 공정과 신속 면에서 그다지 신뢰가 가지 않는 사법기관의 집행을 기다리느니 무언가를 빠르게 해원하거나 짓밟고 싶은 사람의 욕망을 막을 수 없기에 어디서나 결투는 암암리에 벌어졌고, 패배자는 대부분 사망했지만 운 좋을 때는 서로 부상만 입고 끝남으로써 호사가들에게 이야깃거리만 남겨주기도 했고.

그 과정에서 꼭 필요한 것이 바로 입회인의 존재였단다. 싸움을 중재하는 자, 양측의 입장 전달자, 서로의 무기 점검자, 때론 당사자들이 크게 부상을 입어 결투 불능 상태가 됐을 때 대리인이 되어 싸우는 자. 나중에 네가 어른이 되고 누군가와 시비를 다툴 일이 있다면, 신성한 법정에서 원고와 피고 양측의 변호사들이 자신의 의뢰인들을 대리하여 변론 내지 수사라는 이름의 칼과 총을 쥐는 모습을 보게 될 거다.

21세기 이후 결투와 입회인 문화가 부활한—옛날처럼 상대의 뺨에 장갑을 철썩 던져 붙이는 올드한 신호를 보내지는 않는단다. 우리에겐 실시간으로 전달 가능한 메시지 도구가 종류별로 다양하니까. 그러나 아빠는 얼핏 낡고 뒤떨어졌다고 여겨질 상징체계와 격식이 인간사회의 품위 일부를 형성한다고 보는 입장이라, 그런 신호 절차가 사라진 것이 다소 아쉽긴 하구나—까닭이라면 글쎄, 사람들의 충동은 다변화하고 자의식은 제 온몸을 숙주로 삼아 증식하는 데다, 사회학적으로도 공격성이라는 말이 일상성과 동일한 범주에서 다루어지는 한편 우리가 살아가는 세상은 하루가 다르게 무지막지해졌는데, 사법기관이라는 것은—조금 전 신성한 법정 운운했지만 그것은 레토릭에 불과함을, 너는 살아가는 동안 알게 되겠지—제 기능을 수행하다가도 법리와 판례라는 명분 아래 이루 말할 수 없이 불공정한 세계를 유지하는 데 복무하는가 하면, 억울함을 호소하는 누군가의 눈물을 닦아주기는커녕 비명 지르는 입을 틀어막을 때마저 있으니, 힘이 없거나 가진 것 없는 사람들끼리 그 과정에서 화학적으로 발생한 무형의 괴물을 주체하지 못하고 뜨거운 쇠공이나 되듯 서로에게 토스하기 바빠 그런

게 아닐까 한다. 그 공은 보통 없는 자에게서 마찬가지로 비슷하게 없는 자에게로 넘어가고, 그들 가운데 조금이라도 모질지 못한 이들은 공을 끌어안은 채 망설임과 회한으로 다 타서 잿더미가 되어버리지.

간혹 재력이 있는 자들은 심부름 업자를 고용하여 해결하는 게 보통이지만, 가진 거라곤 제 몸밖에 없는 이들, 그러면서도 자신의 견해와 행위가 길이요 진리요 생명임을 믿어 의심치 않는 이들의 수는 꾸준히 늘었다. 물론 개인 상식이나 자존심의 기준이 제각각이라, 결투장에 응하는 대신 즉각 변호사를 고용하여 고소 고발을 남발하면서 자신의 권력 우위를 확인하고자 하는 자들도 있어. 그리고 그들은 결투를 외면했다고 해서 구시대처럼 겁쟁이로 불리며 배척당하지도 않고, 오히려 결투를 신청한 쪽을 순식간에 바보로 만들어버리지. 그럼에도 주체할 길 없는 분노를 연료로 삼아 마지막의 마지막에는 상대를 저승길에 동행 삼겠다는 결심과 함께 모든 물질과 지위와 관계를 망설임 없이 던져버리는 이들은 언제 어디서나 꾸준히 존재하고, 나는 그 과정을 지켜보고 돕는 입회인으로 지금껏 후회 없이 살아왔다.

아마 내 한 몸이 죽고 나서도 세상에는 적지 않은 입회인들이 있을 테고, 심지어는 '공정한 사적 대결과 응징을 위한 입회인협회'까지 있을 정도니―비슷한 목적을 띠고 일하는 사람이 셋 이상 모이면 협회가 발족되곤 한다―아빠가 지금껏 어떤 사건들에 참관했는지 알아보고 싶으면 협회에 가서 전자기록 열람 신청서를 내도록 하렴. 그중에는 사회적으로 큰 이슈가 되어 제도를 마련하고 개선하는 데 밑거름이 된 사건도 있을 테지만, 이런 것도 결투할 일이 되느냐며 말문이 막힐 일도 많이 발견될 것이다. 수사와 판결에 귀중한 자료가 된 까닭에, 사법기관에서 관련 문서를 함부로 폐기하지 못하게 했거든. 그런데 그것들을 일별하다 보면 죽음을 당하느냐 죽임을 행하느냐의 양자택일만 남은 이

사회에서, 타오르는 분노와 이익과 응징 외에 사건의 제목과 경위, 합리는 어느새 중요하지 않게 느껴질 수도 있으니 주의해야 한다.

입회인을 오래 하다 보면 예감이라는 게 생긴단다. 결투 당사자들만큼이나 입회인 또한 당일 새벽에 깨끗이 씻고 좋은 옷을 입고 좋아하는 향수를 뿌리는 등, 당사자들의 인생을 건 전투를 맞이하는 예의와 절차를 갖춘다. 그것이 그날 하루의 기분을 만들고 운명을 결정하지.

그래서 집을 나서기 전에 이 편지를 네 앞으로 남겨야겠다고 생각했다. 사랑하는 딸, 네가 앞으로 어떤 세상에서 누구와 싸우더라도, 아빠의 마음이 항상 너와 함께한다는 걸 잊지 말아주렴. 죽음을 자초하지 말고, 자신이 지나치게 비겁해지지 않는 선에서 살아남기 위해 최선의 노력을 다하렴. 그럼에도 불구하고 네게 모욕을 주는 자들을 섣불리 용서하지 않기를, 괴로움에서 벗어나고자 하는 마음만으로 진심 없는 화해에 서둘러 응하지도 않기를 빈다.

그 모든 과정에서 세상은 너를 무너뜨리거나 해코
지하기에 여념이 없을 테지만, 무엇보다 용기를 잃
지 말기를.

입회인 2017

웹 플랫폼 〈판다플립〉의 초단편 기획에 수록했던 두 편 가운데 하나
다. 미래 사회에도 개인 간 결투 문화가 남아 있다는 상상으로 썼는
데, 결투 당사자들보다는 결투 입회인들의 역할이 인상적이라고 생
각했다. 테이블 매너 지적과 그로 인한 결투와 죽음에 관련한 에피소
드는 제임스 랜달의 《결투—명예와 죽음의 역사》(채계병 옮김, 이카루
스미디어, 2008)를 참고했다.

궁서와 하멜른의 남자

집 나가는 거 싫으냐고, 부동산 사장이 대뜸 묻는다. 무슨 얘긴지 모르겠어서 한동안 그녀는 전화를 붙들고 잠자코 듣기만 한다. 부동산 사장은 대답을 기다리다가 한숨 쉬고 정답을 제시해준다. 애기 엄마, 그 집 서향이잖아. 빛 잘 안 들어오지요? 그럼 어떻게 해야 되겠어. 집 보러들 오셨을 때 문도 활짝 좀 열고, 환기 좀 하고. 집에 불 좀 켜놓고 살아요, 환하게. 문 들어섰는데 집 안이 어두컴컴하면 누가 그 집 계약하고 싶어 해. 아무리 요즘 전세 매물이 씨가 말랐대도 그렇잖아. 그녀는 조금 머뭇거리다가, 기어들어가는 목소리로 말한다. 집이 좀 정리가 안 되어서요. 그 말끝을 채어 사장이 목청을 높인다. 그러니까! 다들 그러고 살아요. 누군 왕년에 애 안 키워 봤나. 집도 어수선한데 빛까지 안 들어온다고 생각해봐. 말 나온 김에 틈틈이 정리도 좀 하고. 아무튼 이따 또 한 팀 데리고 가려고 했는데요.

틈틈이 정리도 좀 하고…… 그녀도 그러고 싶다. 그게 가능한 일이기만 하다면. 두 돌이 안 된 아기를 홀로 돌보면서 깨끗한 집이라는 게, 성립 가능하기만 하다면.

젊은 애기 엄마, 우리 딸이랑 비슷한 나이인갑네, 우리 큰며느리도 그쯤이고, 하며 사장이 수시로 툭 툭 말을 놓는 것이 그녀는 못마땅하다. 일은 열심히 한다고, 전세 매물이 귀하다 보니 사장은 전세 찾는 손님들이 오기만 하면 무조건 이 집으로 먼저 데려온다. 재개발 협의가 될 듯 말 듯한 오래된 아파트라도 학군과 환경이 좋아 하루에 최대 네 팀까지 집을 보러 온 적도 있다. 일일 평균 두 팀이라고 치면한 달째 예순 팀이 보러 온 셈이며, 백 명이 넘는 생판 남들이 그녀의 누추한 살림살이에 시선을 주고 갔다. 그들이 올 때마다 그녀는 밥을 짓다가, 다림질을 하다가, 심지어는 목욕 중이던 아이를 꺼내서 수건에 감아놓고 뛰쳐나가 문을 열어준다. 사용 후 대충 말아놓은 기저귀와 씻지 못한 이유식 식판, 엎어진 접시, 흩어진 블록 장난감, 칼 각을 잡지 못한 이부자리 따위로 어질러진 24평짜리 집을 끊임없이 타인들에게 내보여야 하는 것이다. 생활의 찌든 때를 고스란히. 얼룩진 싱크대와 설거지를 하지 못한 채 쌓인 그릇들, 줄눈마다 곰팡이가 핀 욕실 타일, 아무 데나 걸쳐둔 외투, 걷어서 소쿠리에 던져만 두고 개키지 못한 빨래, 콧물 눈물로 범벅이 된 아이의 얼굴과, 잠이 부족하여 푸석한 자신의 얼굴을, 수면바지와 수면양말과 내복 두 겹에 보풀 인 아크릴 니트 카디건으로 둔중해지고 뚱뚱해진 몸을 고스란히. 그러다 보니 자꾸만 자기도 모르게, 일조량도 부족한 집에 전등을 끄게 되었다. 보여야 하는데 보이고 싶지 않다. 그들이 집의 구조와 주변 생활 편의성만 봐주었으면 좋겠다. 더러운 안방과 부엌, 세제며 휴지 등의 적나라한 생활용품과 분리 배출해야 할 일회용기가 쌓인 다용도실 따위, 들여다보지도 기웃거리지도 않았으면 좋겠다. 이가 잘 맞물리지 않는 방충망을 열어보려고 하지 않았으면 좋겠다. 괜히 이사 여러 번 다니면서 부서지고 깨지기나 할 텐데 내 집 마련 전까지는 그런 건 하지 말자고 합의하여, 톤을 맞춘 아기자기한 인테리어나 화분 같은 건 처음부터 있었던 적도 없는, 24평이라는 점을 제외하고 실내의 비주얼만 보면 변두리의 오래된 민박 느낌이 나는, 타인의 생활공간을 너무 속속들이 밀착 관찰하지 않았으면 좋겠다. 편리한 교통 조건과 입지, 무엇보다 전세 매물이라는 데 대한 기대를 갖고 온 사람들은 집을 둘러보다 집 상태에 혀를 내두르며 떠나곤 한다. 조금만 더 무리하여 대출을 받는다면 최소한 여기보단 나은 데로 갈 수 있지 않을까, 아니면 차라리 월세를 알아보는 게 나을까 싶은 표정이 방문객들의 얼굴을 스쳐간다. 오늘도 역시 그럴 것이다.

그녀가 이 집에 머문 4년간 마구잡이로 사용해서 그렇다고는 할 수 없었다. 아이는 아직 벽지에 낙서를 한 적 없고, 기껏해야 250매들이 상자 안의 티슈를 모두 뽑아서 거실에 흩어놓는 정도의 장난을 쳤다. 아이가 태어나기 전까지는 부부가 맞벌이를 해 집에 있는 시간은 잠잘 때뿐이었다. 아무 의자에 옷을 걸쳐놓고 살고, 설거지거리가 조금 쌓인 걸 며칠씩 방치해두었다. 아이가 태어나자 육아와 집안 관리가 오롯이 그녀의 몫으로 떨어진 것인데, 수습할 수 없을 정도로 집이 어지러워진 것은 그때부터였지만, 실상 이 집에 올 때부터 이미 37년 된 아파트였으므로 안팎 상태가 쾌적한 편이라고 보기는 어려웠다. 37년을 알뜰하게 산 노부부가 중문이나 몰딩 하나도 갈지 않고 방문 손잡이며 전등 스위치 정도 소모품이 파손될 때만 교체하면서 살다가 첫 입주 당시 모습을 그대로 보존한 채 전세를 놓고 실버타운으로 떠난 자리였다. 거기에 벽지와 장판만 새로 바르고 들어왔으니 세월의 흔적이 그대로 느껴져서, 집을 보러 오는 사람들에게 일차로 좋은 인상을 주지 못했다.

테두리가 삭아 떨어져가는 체리 색 신발장에 방문은 20여 년 전 유행한 타입의 살짝 톤 다운된 체리목 정도가 아니라, 붉은 기가 많이 도는 어둡고 진한 포도주 색에 가까워 아이보리 벽지 사이에서 한껏 튀었다. 들어오는 사람들마다 녹슨 경첩, 한쪽이 기울어져 주저앉은 부엌 찬장 따위를 보고 입이 벌어졌다. 처음 발들였을 때 부동산 사장도 현관에서 흠칫하기를, 세상에 이 단지에서 이렇게까지 전혀 안 고치고 산 집 나 처음 봐. 세 주신 주인 양반들이 정말 아껴 쓰셨나 봐요. 그 아껴 쓰셨나 보다 하는 게 간수를 잘했다는 건지 단지 지출만 아끼면서 살아왔다는 뜻인지 애매모호했지만, 일단 37년간 습도나 냉기 따라 갈라지기만 하고 완전히 작살나지는 않은 걸로 보아 최소한 문을 꽝꽝 닫으면서 함부로 쓰고 살아오지 않았을 것 같긴 했다. 사장을

따라 들어서는 젊은 남녀와 그들의 어머니도 말을
보탰다. 남자는 약간 쭈뼛거리며 민망해하는 듯한
어조로, 오 이거는, 문화 유적으로 남겨두어야 하
는 거 아닌가 몰라. 그의 어머니는, 오 그러게. 옛날
주말 가족 드라마에서나 나올 거 같은데 이거 너무
정겹다. 막 안방에 봉황 나전장 있고 그런 거 아니
죠? 그녀가 그 어머니의 발음을 잘 알아듣지 못하
여 예? 하고 반문하자 곧 손사래를 치는 대답이 돌
아왔다. 자개장롱 말이에요. 괜한 소리 했네. 분위
기를 파악하지 못한 아들은 더한층 맞장구를 치며,
〈응답하라〉 시리즈에서도 이 정도는 못 본 거 같아.
사장이 듣기에도 조금만 더 놔두면 그 아들 입에서
〈기생충〉 집의 찬장이랑 타일이 꼭 이렇게 생기지
않았나? 같은 소리가 나올 것처럼 보였는지, 자 그
러면 이쪽으로 와서 안방 구조 한번 보시고요, 하며
말을 돌렸다. 한편 이제 곧 남자와 결혼할 예정으로
보이는 젊은 여성은, 본인도 만약 아이를 낳고 집에
들어앉아 있으면 이 여자와 같은 꼴이 되는 것인지

를 가늠하는 듯한 눈빛으로 그녀와 아기를 탐색하고 있었다. 그런 시선이 느껴질 때마다 그녀는 공연히 추레한 옷깃을 가다듬는 시늉을 하며 눈을 피하고 싯누런 우유 자국이 밴 아이의 오가닉 면 턱받이를 끄르곤 했다.

거기에 더해 하필 한겨울이었다. 중앙난방의 연료가 저층까지 균등하게 전달되지 않고 효율이 떨어져서, 난방비는 다른 세대와 같이 관리비 고지서에 공급량만큼 찍혀 나오지만 돈은 돈대로 나갈 뿐 11월부터 다음해 3월까지는 전기담요를 쓰지 않으면 잠들 수 없는 냉골이었다. 내복과 조끼, 카디건을 포함하여 집 안에서 서너 겹을 껴입고 있어도 손이 시렸고 어둠 속에서 숨을 쉬면 하얀 입김이 보였다. 대놓고 외풍이 들어올 만한 틈새는 없는데도 외벽을 감싸고 얼어붙은 공기가 침투하여 그 안의 사람에게 그대로 전해졌다. 수시로 아이를 씻기고 먹이느라 분주히 움직이는 게 일이어서 너무 많은 옷을 하염없이 껴입을 수도 없었다. 아이가 침을 흘리고 때론 구토를 하니 빨래가 쌓였고, 그녀는 늘어지고 해어진 옷을 입고 지냈다. 입었다 벗었다 하기도 힘들어 어떻게 봐도 잠옷 느낌이 드는 극세사 수면바지 차림 그대로 쓰레기를 버리러 나가면 사람들이 흘끔거렸다. 집을 보러 오는 사람들은 영하의 바깥에서 들어와선 코트와 패딩 차림 그대로 잠깐 머물렀다 떠나니 대개 그 사실을 눈치채지 못했지만, 한 예리한 방문객이 그녀의 행색을 보고 물었다. 난방이, 겨울에 잘 되나요? 춥지는 않나요? 그녀는 당황한 기색을 감추기 위해 팔짱을 끼고 미소를 지었다. 뭐, 지낼 만하다 하는 정도로 보시면 돼요. 나머지는 자기 체질 따라 다른 거죠. 저는 원체 추위를 타지만 제 남편은 겨울에도 집에서 반팔 차림이거든요. 지낼 만하다는 건 어쨌든 세 식구가 여기서 살고 있으니 완전한 거짓말은 아니었다. 남편은 전기담요에 누울 때는 한 겹 반팔로 들어오므로 역시 반쯤 사실이었다. 질문한 사람은 약간 의아하다는 표정을 하고서 아 그렇구나, 하긴 저는 더위를 잘 타는 편이에요, 정도로 넘어갔다.

　그러나 누추한 살림살이나, 관리가 잘 되지 않고
세월의 폭격도 맞은 체리 색 인테리어나, 밑 깨진
독에 연료비만 생으로 들이붓고 해결되지 않는 추
위 가운데 그 어떤 것도 마지막 문제보다는 나았다.
그녀는 거짓말만은 하지 않았지만 있는 사실을 일
부러 자기가 먼저 끄집어낼 필요도 없다고 생각했
다. 누군가가 그것에 대해 묻지 않기만을 바랐다.
설마…… 설마 그걸 묻는 사람은 없을 것이다. 특히
거주민의 생활수준이 평균 이상이라고 외부에 인
식되어 있는 이 동네에서는, 누구도 그런 일은 상상
하지 못하니까. 지금까지도 배수는 잘되나요, 하수
구 냄새 올라오는 건 없나요, 방음은 어떤가요……
처럼 누구나 으레 물어볼 법한 질문들만 있었을 뿐
이다. 그녀가 먼저 말할 필요는 결코 없었고 남편도
그것에 대해 함구하라고 했다. 어차피 웬만한 세입
자들은 디테일이 심란한 이 집을 뜯어고쳐서 들어
올 터라, 그 과정에서 자연 소멸될지도 모르는 문제

였으므로.

아무튼 전세금을 빨리 받아서 탈출하는 게 목적이다. 이미 이사 갈 집도 계약이 되어 선금을 치렀고 이사 업체 섭외까지 세팅이 끝났다. 그동안 말이잘 통하지 않았던 집주인의 성정으로 판단했을 때, 새로운 세입자가 정해지지 않는다면 본인들이 담보 대출을 받아서든 어떻게 하든 제 날짜에 전세금을 내줄 생각은 없어 보인다. 교통과 인근 환경 편의로는 손꼽히게 좋은 곳이 이렇게까지 안 나가는이유에 대해 집주인이 상식적으로 좀 생각을 해보는 게 좋을 텐데 황소고집이다. 입지 조건이 좋다는이유로 노부부는 이 빌어먹을 체리 문짝이 갈라진집을, 단지 내의 '올 수리'한 남향 로얄 층 집들이 형성할 법한 호가에 맞춰 내놓은 것이다.

아무튼 애기 엄마, 내가 같이 가봐야 하는데 이걸 어째. 지금 갑자기 급한 일이 좀 있어서 10분 한 15분? 늦게 도착할 거 같아요. 그러니까 이따 남자 한 분가실 건데 먼저 집 문 열어놓고 보여주세요. 내 금

방 뒤미처 갈게 걱정하지 마시고. 부동산에서 왔다
고 먼저 말할 거예요. 사장은 저 할 말만 바쁘게 하
고 전화를 끊고, 그녀는 아이의 기저귀를 갈기 위해
한 손으로 두 개의 발목을 잡아 올리고 다른 손으로
는 물티슈로 변을 닦으면서 받은 참이라, 그 일방적
인 통보에 대해 항의할 틈도 없다. 혼자 아기를 돌
보는 여성이 있는 집에 남자 하나를 먼저 보낸다니
제정신이냐, 그냥 두 분이 함께 만나서 늦게 오든지
하셔라, 밖에서 두 분이 서로를 기다리는 시간까지
제가 배려할 문제는 아닌 듯싶다…… 할 말은 언제
나 통화가 종료되고 뒤늦게 떠오른다. 도대체가 이
부동산 사장이 하는 말대로 꼬박꼬박 따라주며 휘
둘려야 할 이유가 없다. 사장이 이런 무례를 아무렇
지도 않게 저지를 수 있는 근거는, 안 봐도 알 수 있
다. 동네 터줏대감으로 집주인 부부의 오랜 지인일
테고 아마 중개수수료 할인 서비스도 있을 테며, 그
수수료를 지불하는 것은 집주인이다. 최소한 상식
선에 따라 움직이는 부동산과 일하고 싶다는 소망

을 가질 권리가, 그녀에게는 없는 것이다. 돈을 무사히 받아서 나가야 하는 쪽은 그 돈이 비록 원래 자기 것이라고 해도 을의 입장이 된다.

그러나 집 빨리 나가게 해주고 싶어서 그러지, 라는 말과 달리 집이 빨리 나가지도 않았을뿐더러…… 중요한 것은 그조차 아니다. 엄연히 한 가구의 살림집에 그동안 수많은 타인을 끌고 들어와선 살림과 사람을 품평하던 말들은—"어머나, 아직 아기가 어린데 집에 왜 이렇게 책이 많아요. 이사할 때 힘드시겠다. 책들도 소설책 그림책 이런 거 아니고 죄다 어려운 책만 보시네. 바깥어른이 공부하시나 보다. 그렇죠?" 그녀는 그 모든 책이 이제 학위를 따기가 불투명해진 자기 거라는 설명을 할 기운도 없고, 집 안에 조금 어려워 보이는 책이 있으면 그게 으레 '바깥어른' 것이라는 편견 좀 버리시라는 반박도 무의미하다 싶어서, 어색한 웃음으로 대답을 대신했다—다시 볼 사람 아니라고 다 참아 넘겼으나, 이번 일만은 도저히 넘어갈 수 없다. 백 보 양

보하여 혼자 오는 여성, 엄마와 오는 딸, 결혼이든 동거든 남녀 커플이 온다면 모를까 남자 한 명이 집을 보러 온다는데 그걸 사장 동행 없이 먼저 보낸다니. 그녀는 아이에게 새 기저귀를 채우며, 후회하거나 폭발하기 전에 사장에게 다시 전화를 걸어야겠다고 생각한다. 없는 사람 대한다고 이런 식으로 일하지 마시라, 정색하고 한마디 해야……

초인종이 울린 건 그때다. 일부러든 어쩌다 보니 그랬든 간에, 부동산 사장은 집 보러 올 사람이 이미 코앞에 도착할 때쯤 맞춰서 전화를 건 거다. 그리 드물지는 않은 패턴이다. 너 어디니? 집이라고? 그러면 지금 너희 집에 잠깐 가봐도 되지? 사실 지금 이미 집 앞이니까 문 좀 열어보렴. 가족은 그래도 되는 사이라고 믿고 (쳐)들어오는 일 같은 건 흔했다. 그런데 이건 생판 남이기까지 하다. 도어 스코프로 내다보자, 거기 머리카락을 밝은 톤으로 염색하고 터틀넥 스웨터와 라이더 재킷에 청바지 차림의 남성이 서서 고개를 가까이 대곤 부동산에서 왔습니다, 하고 말한다. 많아야 스무 살 안팎일 듯하다.

이 아파트 단지는 물론 동네 자체가 대학교 캠퍼스 분위기나 젊은 세대를 타깃 삼은 각종 문화산업과는 거리가 멀고, 이 정도 나이의 독신 남성이 실거주지로 택할 만한 환경은 아니다. 순전히 아이를 낳고 키워 초중고등학교까지 보내며 번다하고 찜부럭한 일상을 반복할, 이른바 보편의 사회에서 인정한 형태의 가족 단위에 최적화된 주택가 동네다. 원래는 부모님이 보러 올 집인데 부모님에게 일이 생겨 자식이 뭣도 모르고 심부름하러 나온 모양새다. 나이와 외모가 어떻다고 하여 두려움이 옅어지지는 않는다. 그러나 이미 온 사람더러 부동산 사장 도착 때까지 거기 서 계시든지 다른 데 다녀오시라고 말할 용기는 나지 않는다. 상대가 이 혹한에 걸친 외투라곤 재킷뿐이어서가 아니라, 그녀 입장에서는 당연한 대응이라도 오히려 상대를 자극하여 문전박대를 한다느니 집 보러 온 사람을 이상한 사람 취급한다며 싸움이 날지 모른다. 그러고 나면 계속 타인에게서 딸인지 며느리인지 찾아대던 부동산 사장과의 관계 또한 바닥을 뚫고 내려갈 테고, 집이 빠지는 데에 더 악영향을 줄 터다.

일어나려면 무슨 일이든 일어날 수 있는 시간이지만, 그녀는 15분 내로 도착한다는 사장의 말을 믿기로 하고 그에게 문을 열어준다.

어 춥다, 안녕하세요, 하며 등에 백팩을 멘 모습으로 들어서는 남자는 수상한 사람이 아니라는 전제하에 암만 봐도 부모 용돈을 타서 생활하는 아이 같고, 이 청년이 아무리 집 곳곳을 사진 찍어 가서 부모에게 컨펌을 받는다 해도 역시 부모가 한 번 더 오든지 아니면 이번에도 간만 보고 말리라는 예감이 든다.

그녀는 거실 바닥을 굴러다니며 잘 놀고 있는 아이를 공연히 일으켜다가 가슴에 꼭 끌어안고 둥개둥개를 하며 말한다. 집 안이 너무 어지러워서 어쩌지요. 천천히 둘러보세요. 새로운 손님들이 올 때마다 먼저 꺼내는 고정 멘트다. 남자는 예 한번 볼게요, 하면서 가장 가까이 있는 욕실 문을 연다. 욕실 천장에는 환풍기가 없고 다만 세면대가 붙은 쪽 벽의 맨 윗부분에 어디로 통해 있는지 알 길 없는, 예전 시대에는 아마 환풍구 용도였을 구멍이 나 있다. 갤러리 도어에서 흔히 볼 수 있는, 빗살 날개 타입 구멍이 여러 줄로 뚫린 나무틀이다. 남자는 집이 오래되었네요 타일이 옛날 거네요 같은 소리 없이 그냥 무심히 둘러만 보는데, 그때 하필이면 타다닥 하고 칼로 바닥을 긁는 듯한 소리에 이어 무언가 둔탁하게 부딪치는 울림이 천장에서 들린다.

낭패다. 그동안 부동산과 그 일행이 들이닥쳐 웅성거릴 때는 나름대로 위협을 느꼈는지 알아서 숨죽이고 있던 그것들이, 이번에는 사람 수가 적으니 조용하여 평소처럼 저들 세상인 양 활개를 치나 보다. 이제 끝이다. 묻지 마라. 이게 무슨 소리인가요, 묻지 마라. 제발 모르는 척 못 들은 척해라. 그러나 그럴 리 없지. 이 남자가 부동산 사장에게 섣불리

입을 털지만 않아준다면 고마울 것이다.

남자가 그녀를 돌아보고 말한다.

쥐가 있네요?

허벅지와 팔 안쪽을 긁다가 붉고 동그란 팽진을 발견했을 때, 계절에도 안 맞게 모기에 물렸나 싶었다. 그러나 삼십 평생 살아오면서 모기에 물렸을 때 물파스로 당장의 부기와 소양증이 수습되지 않은 적은 없었다. 그런 조치 없이 손톱으로 환부에 십자 표시를 내어가며 긁다 보면 하루 지나 가라앉았다. 그런데 이건 시일이 지나도 붉은색 부기가 빠지지 않고 오히려 단단해졌으며, 물렸다고 짐작되는 자리에는 작게 수포가 잡히고 파스나 뜨거운 티스푼으로도 가려움이 잡히지 않았음은 물론 모기하고는 다른 통증과 작열감이 동반되었다. 좀더 시일이 지나 마침내 부기가 빠졌을 때는 작은 흉터와 검은색소 침전이 남았다. 이런 느린 변화 과정을 거치는 팽진이 한두 번으로 그치지 않고 꾸준히 생겨났다.

새 집 증후군······이 아니라 헌 집 증후군이라고 할 것 같으면, 이사 온 지 얼마 안 되어 나타났을 것이다. 그런데 4년 가까이 살아온 집에서 새삼스럽게. 피부과 의사는 최근 침구류나 의류, 벽지나 세간살이 등을 교체한 적 있는지 그 외에도 집에 새로 들어온 물건은 없는지, 개나 고양이를 키우는지 물었다. 침구류는 결혼할 때 새로 장만하고서 아무것도 바꾸지 않았다. 벽지나 장판을 옵션 없이 제일 저렴한 것으로 바르고 들어왔지만 그때는 아무런 문제도 없었다. 세탁 세제도 늘 쓰던 상표를 쓰고, 들어온 지 1년 채 되지 않은 품목들이라면 업체에서 대여해주는 아기 침대와, 옷을 비롯한 각종 아기용품 정도였다. 집먼지진드기에 알레르기 반응이 있는 체질이라면 살아오면서 모를 수가 없었을 것이며, 직전에 산소를 다녀온 적도 없었고, 야생 진드기 같으면 이보다 더 심한 고열로 실려 가거나 생명이 위독했을 것이었다. 구진상 두드러기 같네요, 하며 의사는 각종 독한 약을 처방했다. 이름보다는 원인을 알고 싶은데…… 그녀가 답답해하자 의사는 사람 무는 벌레가 눈에 안 보이는 것만 수십 종이 넘는데요, 하며 어깨를 으쓱해 보였다.

그렇게 원천 차단은 못한 대로 그때그때 대책 없이 긁고 바르면서 지내던 어느 날 새벽 세 시쯤 그녀는 눈을 떴다. 저녁에 세탁기를 돌리고 빨래를 널려다가, 안 먹고 안 자는 아이와 씨름하느라 방치해둔 것이 생각나서였다. 어두운 다용도실을 가까스로 밝히는 작은 전등 한 점에 의지하여 통돌이 뚜껑을 여는데, 관리가 잘 되지 않은 공중화장실 비슷한 냄새가 훅 끼쳤다. 지린내 정도를 넘어 잭 더 리퍼 시대의 후미진 뒷골목이 이렇지 않았을까 싶은 냄새였다. 남편이 옷 주머니에 지폐나 작은 쓰레기를 넣어둔 걸 잊은 채 그냥 세탁기를 돌린 적이 두 번쯤 있긴 했고 그중 후자는 공중휴지통이 없는 거리를 다니느라 생긴 일이어서 세탁을 다시 했을 뿐 딱히 싸우지는 않았는데, 만약 껌 종이나 코 푼 휴지 정도가 아니라 담배꽁초를 넣고 잊었다 쳐도 이런 냄새가 난다고? 아기의 구토물이나 변이 묻은 옷을 깜박하고 애벌빨래 없이 그대로 돌렸다 해도, 아직은 아기가 먹고 싸는 찌꺼기에서 이렇게까지 본격적인 냄새가 날 시기가 아니었다. 적당한 분량으로 빨랫감을 모으느라 이틀간 뚜껑을 열어두었던 통돌이에 무언가 다른 게 흘러들어간 것 같았다. 세탁기 위쪽 벽 선반에 적재해둔 여분의 세제나 고무장갑, 물티슈, 선물로 들어왔지만 개봉할 틈도 없었던 막걸리 등 무수한 잡동사니 가운데 무언가가 세탁기 안으로 떨어졌는데 그걸 모르고 세제만 넣고 돌렸다든지…… 그러고 보면 아까 탈수 때 무언가 이물질이 걸린 듯한 둔탁한 소리가…… 생각하며 허리를 숙이고, 서로 엉킨 수건과 셔츠 한 뭉치를 집어올렸다.

거기에 무언가 옷 아닌 것이 붙어 있었다. 양말이 딸려 올라왔구나 싶었다. 한 점 어둠침침한 불빛에 비친 것은, 죽은 쥐였다.

워낙 낡은 아파트다 보니 겨울철만 되면 그것들

이 아파트 지하실이나 저층 일부 층간 사이 수도관을 타고 돌아다닌다는 사실을 관리실에서도 알고는 있었지만, 그때그때 약을 칠 뿐이지 그것이 어느 집으로 들어가는지 알아내거나 일일이 차단하기는 어렵다는 대답이 돌아왔다. 같은 층에 사는 다른 이웃들에게 넌지시 떠보았을 때 다들 금시초문이라는 듯 소스라치기에, 아무래도 그것들이 '올 수리'된 집에는 구조상 들어가지 못하는 것 같았다.

방역 회사에서 온 사람이 집 곳곳을 살폈다. 다용도실 벽에는 1993년 종량제 봉투 정책이 실시되기 전, 지하로 쓰레기를 떨어뜨리던 투척함이 그대로 남아 있었다. 비록 문고리는 녹슬고 헐거웠지만 문 틈이 벌어질 정도는 아니었다. 혹시 모르니 테이프를 발라두라고 한 다음 직원은 베란다와 욕실을 차례대로 살폈다. 제일 수상한 건 역시 그 재래식 환풍구였지만, 직원은 쥐의 머리와 몸통 구조를 고려했을 때 저런 갤러리 도어 타입의 나무 살 틈으로는 들어오기 어렵다고 단호하게 고개를 저었다. 그러면 대체 어디인가요? 그녀가 묻자 직원은 말했다.
사모님, 사실 이 정도로 오래된 복도식 아파트는요.
사람 눈에는 안 보이는…… 얘들만 아는 구멍이 어
딘가에 있어요. 그 구멍 하나가 지금 이 댁 쪽으로
나 있는 거고요.

개미나 바퀴 퇴치를 위해 이용하던 처음부터도
업체 측에서는, 이미 들어온 것들을 잡아서 박멸해
드릴 수는 있으나 외부에서 들어오지 못하게 하는
일은 불가능하다고 밝혔다. 개미 떼의 경우 여왕개
미를 죽여서 어디 지었는지 모를 개미집을 초토화
할 수는 있다. 바퀴는 실내에 집을 짓거나 증식하
지 않게 도와드릴 수 있다. 그러나 밖에서 새로 유
입되는 것을 원천봉쇄하는 일은, 공간이라는 개념
이 남아 있는 한 누구도 못할 것이라고. 이번에도
입장은 다르지 않았는데, 쥐는 벌레보다 조금 더 비
쌌고 처리는 더욱 까다로웠다. 개미는 페이크 먹이
를 운반하여 개미집으로 돌아가서 전멸했을 거라
보통은 시체를 따로 치울 수 없었고, 바퀴 약도 방

식은 같지만 그것들은 먹이를 먹고도 좀더 오래 버티어 움직일 수는 있어서 활동하다 죽는 경우가 있었다. 간혹 뒤집히거나 말라붙은 시체가 발견되면 그것을 치우면 되었다. 그러나 쥐는 경우가 달랐다. 다른 약보다 고가인 끈끈이 트랩 네 개를 다용도실이나 각 방 구석에 놓아는 줄 테고 걔들이 돌아다니다 백 퍼센트 붙기는 할 테지만, 그것은 약을 친 먹이를 먹고 안 보이는 데서 죽어가는 곤충이 아니라, 덫에 걸려 움직이지 못하여 굶거나 기운이 빠진 끝에 죽어가는 포유류라서 그런 퇴치법을 적용하기 어렵다고 했다. 즉 여전히 살아서 꼬리로 바닥을 사악 삭 쓸며 꿈틀거리는 큰 생물을 비닐에 담아 종량제 봉투에 투척하여 버리는 일은 서비스 구매자의 몫이었다. 당장 눈에 띄지 않는 천장 위 어딘가에서 죽게 만들면 시체에서 구더기가 발생하고 부패하는 냄새나 오염물질이 수도관을 타고 다른 집까지 들어가게 되기도 하며, 개미 먹이와는 달리 집집마다 반려견 등 여러 가지 위험 요소가 있으므로, 가

정집에서는 먹이로 유인하는 쥐약을 되도록 사용
하지 않는다고 했다.

세탁기에서 한 마리, 다용도실 문 앞과 가스레인
지 아래, 욕실 문 앞 등에서 다섯 마리쯤 잡아 버렸
으나 끝나지 않았고 천장에서 쥐들이 싸우는 소리
는 계속 들려왔다. 업체에서는 되도록 모든 구멍을
막는 수밖에 없다 했으나, 저층 아파트인 만큼 한밤
중에 사람이 현관문을 열 때 그 틈으로 빠르게 따라
들어와서 숨어 있는 경우도 있다고 했다. 정기 관리
비용을 지불한 고객이니 집 안에 보일 때마다 전화
하시면 끈끈이 트랩을 갖다 주겠다고도 말했다. 그
래도 아파트 자체에서 대대적으로 보수를 하고 업
체에 대규모의 의뢰를 하지 않는 한, 천장 등의 사
이 공간에서 돌아다니는 것들이 완전 박멸되기는
개인의 힘으로 어려울 거라고도 했다. 도대체 이 아
파트에 몇 마리나 있는 걸까요? 묻자 직원은 대답
하기를, 다른 요인 없이 번식력만 생각하면 암수 한
쌍으로 시작해서 1년에 1천 마리까지 불어날 수 있

습니다.

쥐라는 생물이 멸종을 한 게 아니니 당연히 어딘 가에 많이들 살고 있을 테고, 사람의 문화와 문명이 그것을 이부자리나 식탁 위로 올라오지 않도록, 최소한 사람들의 눈에 덜 띄게끔 관리했을 뿐이었다. 선량한 시민의 삶을 위협하지 않도록, 그것들이 없는 척, 그것들이 살아 있다는 걸 모르는 척했을 뿐이었다. 그러니까 이것은 말하자면 관리 실패였다. 아기를 키우는 집에 쥐라니 있을 수 없는 일이었다. 마침 재건축에 대한 기대감 상승으로 인해 집주인은 다음번에 전세금을 대폭 올릴 예정이었고, 그녀의 남편은 지금까지 이상으로 대출을 받을 조건이 되지 않았다. 도망치는 것 말고는 답이 없었다.

그런데 도주 계획이 이 젊은 남자 때문에 다 틀어지게 생겼다.

저기요, 계약 안 하고 가셔도 상관없는데요. 부동산이랑 어디 소문내고 다니지 말아주시겠어요? 저희가, 집이 빠져야 해서, 도저히⋯⋯.

품속의 아이가 칭얼거리기 시작하여 그녀는 말을 더 잇지 못하지만, 실은 그의 대답에 달렸으므로 딱히 더 할 말도 없긴 하다. 그런데 남자는 뜻밖의 대답을 한다.

제가요, 이렇게 생겼지만요. 연구실에서 오래 일한 사람이거든요?

당신의 직업이 지금 이 상황과 무슨 상관이란 말인가 싶어, 그녀는 아이를 안고 흔들면서 그를 바라본다.

제가 쟤들 다루는 방법을 좀 알아요.

아, 예.

난 또 무슨 소린가 했네 싶은 표정이 역력히 드러났는지, 남자는 그녀가 시선을 돌리는 대로 쫓아오면서 얼굴을 빤히 들여다본다.

이거 봐. 안 믿으시네. 그렇죠?

아, 아뇨, 믿어요. 그러니까, 실험실에서 저것들을 많이 만져보셨다는 거잖아요, 약도 놓고, 먹이도

주고, 전기 자극도 주고 그래프 그리고.

대충 비슷해요.

아무튼 계속 실험은 열심히 하시고요, 집 더 안 보실 거면 이제 가서도 돼요. 어디 가서 말씀만 하지 말아주세요.

그녀는 빨리 부동산 사장이 도착하기를 기다리며 말한다.

제가요, 방역 회사 의뢰를 받아가지고요. 이 집에 드나드는 쥐를 다 빼드리러 왔거든요.

예? 방역은 저의 집에 몇 번 다녀갔는데요. 최근에는 연락드린 적 없어요. 집 보러 오신 거 아니면 가주시겠어요? 괜히 말만 부풀고 일만 커지면 제가 좀 힘들어서요.

그런데 이미 회사랑 계약서를 쓰고 도장을 찍었거든요. 그게 좀 특별한 계약서라 임의로 해지하면 큰일 나는데요. 회사는 저에게 지불을 해야 하고, 저는 이행을 해야 하는데요.

아, 예. 그러세요. 그런데 뭐로 빼주시게요. 덫 챙

겨오셨어요?

이걸로요.

그는 입술을 살짝 벌리고 두 손가락으로 아랫입술을 쥐어 보인다.

아, 예. 휘파람으로요. 피리가 아니라 숨이 좀 차겠네요. 그러고 난 다음에는요?

그런데 저는 일을 할 만반의 준비가 되어 있는데, 회사에서 선금을 안 준단 말이에요. 저는 계약대로 일을 해야 하는데요.

그건 뭐, 회사에 연락해서 법대로 하시면 되겠네요.

그런데 한쪽이 계약을 어기려고 작정한 상태에서 저는 저대로 계약을 이행해야만 하게 되어서, 상호 간의 균형이 맞지 않는 채로 일하면 문제가 생기거든요. 그래서 아주머니께 경고해드리려고 왔어요.

그녀는 이제 피로가 조금 묻은 두려움이 몰려온다. 문제라든지 경고라든지 그런 말이 섬뜩해서가 아니라, 그의 말투나 몸짓, 표정으로 보아 조금 뒤에 백팩에서 뭔가 둔기 같은 걸 꺼내기라도 하면…… 그녀는 우선 품 안의 아이를 실내용 유아 놀이터 안에 내려놓는다. 여차하여 상대방이 돌변하기라도 하면 맞서야 하므로 두 팔이 자유로워야 한다. 얼른 그를 내보내고 싶은데 부동산 사장은 대체 뭐하고 있나. 한 달째 이어진 시간 낭비 가운데 이번이 최고 레벨이다.

그래서 무슨 문제가 생기는데요.

지금 얘들이 몇 마리나 살고 있느냐에 따라 어떤 문제가 생길지, 종류도 규모도 크게 다를 수 있거든요.

아…… 예. 저희는 지금 어차피 남의 집에 사는 거니까요, 딱히 문제가 생기기를 바라지는 않아요. 그냥 빨리 돈 받고 나갈 수만 있으면 좋겠거든요.

그래도 어쨌든, 쥐가 있으면 집이 안 나가고, 집이 안 빠지면 돈을 못 받는 거 맞지요?

예, 법률적으로는 모르겠는데 일단 주인집 심보는 그래 보이네요.

그녀는 젊은 남자의 부추김에 쏠려 자기도 모르게 너무 많은 불필요한 말을 보태고 있었다. 주인집 심보가 어떻다는 얘기를 꺼내면 들어오려던 사람도 마음을 바꿔먹을지 모른다. 이 남자 때문에 모든 걸 망칠 지경이고, 부동산 사장은 영원히 오지 않을 것만 같고, 심지어 아까 전화를 건 사람은 부동산이 아닐지도 모르며, 그녀는 자기가 힘만 좋다면 눈앞에 있는 남자를 목 졸라 치워버리고 싶기까지…….

그래서 일단, 집을 보실 건가요, 마실 건가요?

저는 더 안 둘러봐도 돼요. 여기서 살 게 아니니까요. 저는…… 알려드리려고 왔어요. 이 집에서 얼른 도망가세요. 돈을 받았든 못 받았든, 이사 날짜 상관없이 몸만이라도 빠져나오세요.

예? 아…… 이걸 어쩌나요. 그건 좀 어렵겠는데요.

돈은 있다가도 없는 거예요. 하지만 사람 목숨은 그게 아니거든요. 저기, 아기도 키우시잖아요.

음, 그게 좀, 그만하셨으면 좋겠어요.

제가 선금을 못 받았다고 해서 일을 안 할 수가 없는 강력한 계약으로 묶여 있으니까 미리 말씀드리는 거예요. 저는 진지해요. 조만간 저는 저의 할 일을 할 거예요. 그때 이 집에 계시지 않는 편이 나아요.

어느 업체에서 오셨는지 모르겠는데, 저희 같은 사람들에게 강력한 계약은 따로 있어요. 저희는 돈을 받아야 나갈 수 있어요.

그때 초인종이 다시 울린다. 부동산에서 도착한 모양인데, 현관 밖에서 두런거리는 소리를 듣자니 혼자 오지 않은 듯하다. 그녀는 그 어느 때보다 반갑게 문을 따주다가, 낯빛이 썩 좋지 않은 사장 뒤로 건장한 성인 남자 두 명이 따라 들어오기에 기겁하고 뒤로 물러선다. 오늘 무슨 날을 잡았는가. 보호해야 할 아기가 집에 있는데, 도대체 이게 뭐하자는 일들인가.

애기 엄마, 내가 나중에 다 얘기할게. 이분 보내고. 미안해요.

따라 들어온 이들의 손에 양팔이 잡혀 끌려 나가면서도 남자는 자꾸만 뒤돌아보며 덧붙인다.

제 말 잊으시면 안 돼요. 저는 분명히 말씀드렸어요.

부동산 사장이 들려준 이야기는, 남자를 대하는 동안 그녀가 어렴풋이 짐작했던 바와 대동소이하다. 성인 남성이 해온 연락이라 의심할 바 없이 전세 매물을 찾는 이인 줄 알고 이 집을 소개했는데, 그가 이 집에 방문한 사이 사장이 그의 늙은 부모에게서 연락을 받았다고 한다. 온전치 못한 아들이 자꾸만 여러 동네에 집을 보러 다닌다면서 부동산마다 들르는데, 전세고 월세고 계약하는 일은 없을 테지만 그저 집을 한번 보여만 주면 그걸로 만족할 것이니, 잘 달래서 돌려보내달라는 것이었다. 어차피 간만 보고 가는 사람은 많지 않으냐, 그런 사람들 중의 하나로 간주해달라, 남의 집에 들어가서는 엉뚱한 소리나 행동만 하지 못하게 옆에서 잘 지켜봐달라 하는 것이었다. 사장은 고객의 안전을 보호해야 하며 자신이 그렇게까지 해주어야 할 이유가 없다고 유선상으로는 거절했으나, 실은 이미 그녀의 집에 남자를 먼저 들여보냈다는 사실에 철렁한 것이며, 만일의 경우를 위해 상가번영회의 사장님들

두 분을 급히 모셔왔다고 한다.

정말 이런 일 없을 거예요. 진작 그 연락을 먼저 받았으면 어림도 없는 일이었는데. 미안해요.

그러니까…… 상태가 안 좋으신 분이 저의 주거지에 들어왔다 가신 거네요? 저와 아이 얼굴도 익혔을 테고, 제가 어디 사는지도 빤히 알아두었고요. 그렇지요?

그녀는 이미 확인받은 내용을 반복하며, 그렇다고 하여 최소한 사장을 닦아세우는 것처럼 들리지는 않을 만큼 침착하게 말한다. 사장은 애가 달았는지 전날과는 사뭇 다른 저자세로 나온다.

그분은 다시 안 올 거고, 어디 가서 이런 얘기 하지 마요. 내가 더 좋은 분들 모시고 자주 올게요.

아니, 이제 자주 오시는 건 필요 없고 그냥 계약이나 좀 확실하게 될 것 같은 분들한테만 이 집을 보여주셨으면 좋겠어요. 아무나 되는대로 죄다 데려오시니까 저는 계속 제 생활공간을 노출만 하게 되잖아요. 저한테도 일상이 있는데.

그녀는 이참에 요구 조건을 분명하게 말할 명분이 섰다고 생각하며, 이 기회를 놓쳐서는 안 된다는 걸 상기한다.

그러니까 신혼부부 말고요, 이런 나무 문짝이나 확장 공사 안 된 거나 뭐든 신경 안 쓸 법한 분들, 사정 급한 팀, 잠깐 머물다 가실 분들, 아니면 연세 있으신 분들 있잖아요. 이제 막 결혼하는 신혼부부가, 아무리 부분 수리를 염두에 두고 온대도, 집 꼴이 이런데 계약하고 싶겠냐고요. 이미 살던 집이라 집 꼴을 어떻게 확 바꾸고 살림을 다 갖다 버릴 수도 없는데, 왜 이 평수로 전세 찾는다 소리만 나오면 무조건 하고 다 데려오시는 거냐고요. 주인집하고 관계만 중요하시고 이 집에 사는 사람들은 안 보이시냐고요.

사장은 그 점에 대해서는 항변하고 싶은 눈치지만, 이번만큼은 자신이 할 말 없는 처신을 했음을 알고는 있는지 조만간 또 연락드리겠다는 말만 남긴 뒤 일단 한발 물러난다.

집에 아무나 막 들어왔다는 것, 그동안 차마 말은 못 했지만 부당한 일이 수차례 있었음을 포함하여 남편에게 들려주고 싶은 이야기가 많은데 남편은 이틀째 지방 현지 조사 관계로 출장길이다. 이 프로젝트만 끝나면, 저 감사만 마치면, 하고 육아 휴직을 차일피일 미루어온 남편이었다. 작정이라도 한 것처럼 출산 전보다 야근이 늘었고 휴일 특근도 잦았다. 남편은 적당할 때 육아 휴직을 얻어내기 위해 일을 빠르게 더 많이 당겨서 할 수밖에 없다고 그랬는데, 많이 할수록 더 많은 일이 그의 팀 앞으로 떨어지는 것 같았고 육아 휴직 신청은 차일피일 미루어졌다. 애초에 일이라는 데에는 끝이 없었다. 연구 공부와 마찬가지로. 그녀와 같은 방식으로 난폭하게, 외부 요인으로 단절되기 전까지는 끝이라는 게 존재하지 않은 채 꼬리에 꼬리를 물었다. 완수한 일이 다른 일을 불러왔다.

그녀는 좀체 잠들지 않는 아이를 달래다가 이부자리에 누워 그대로 까무룩 먼저 잠들어버린다. 머릿속으로는 이 아이를 침대에 따로 뉘어야 하는데, 바닥 이부자리에는 모르는 사이에 쥐똥이 떨어져 있을지도, 아니면 쥐벼룩이…… 생각하나 고단한 몸은 꼼짝할 줄 모른다. 요즘은 아이도 몸에 붉은 자국이 올라와 자주 칭얼거린다. 함께 사는 사람이 밤낮 몸을 긁고 있는데 아이에게도 옮겨가지 않을 도리가 없다. 강박적으로 씻기고 갈아입히지만 아이에게 독한 피부과 약을 쓸 수는 없다. 아이의 팔다리에도 상처가 남았다. 여기서 탈출하지 않는 이상 쥐벼룩에게서 벗어날 길은 없을 것이다.

그때 꿈결에서 호각의 신호를 받아 전쟁터에 나가는 말들이 대평원을 질주하는 발굽 소리가 육중하게 울린다. 두두두, 두두두두…… 생생한 꿈이라고 생각하다 그녀는 눈을 뜬다. 현실에서도 대규모의 말발굽 소리가 울린다. 말이 아니다. 천장에서 쥐들이 달리고 있다. 평소처럼 두어 마리가 붙어 싸우는 느낌이 아니라 수십, 수백 마리가 어디론가 달려가고 있는 듯한 소리다. 암수 한 쌍으로 시작하면

1년에 천 마리는 깔 수 있어요…… 그녀는 몸을 일으킨다. 이 지경인데 정말로 다른 집에서는 안 들린다고? 목적이나 방향 모를 쥐 군단의 대이동에 묻혀서 처음에는 선명하지 않았는데, 이 새벽에 어디선가 피리 소리를 닮은 휘파람 소리가 들려온다. 취객이 불 법한 구슬프거나 청승맞은 곡조가 아니라 무언가 활력 넘치고 신이 난 듯한 행진곡 풍의 음악이다. 공연히 주민과의 충돌을 일으키고 싶지 않은 심야 근무 경비조가 휘파람 정도는 모르는 척할 수 있다. 누군가 예민한 이가 깨어나 창문을 열고 내다보지 않는다면.

그러나 이런 소리와 진동은 설마…… 문득 복도 어딘가에서 몇몇 집의 현관문이 열렸다 닫히는 소리, 사람들의 발소리가 난다. 뭐야, 어디 지진 났어? 수런거리는 소리가 들려온다. 다른 사람들도 이것을 듣고 느끼고 있다. 그녀는 더 생각할 틈도 없이 아이를 안은 그대로 패딩을 덮어서, 짝이 맞는지 확인할 틈도 없이 신발을 꿰고 문밖으로 나선다.

중앙계단까지 뛰어가는 길이 멀기만 하다. 그러는 동안에도 쥐들이 달리는 소리는 여전히…… 먼저 나간 사람들의 비명이 1층에서 들려온다.

엘리베이터 앞에, 계단을 따라, 복도를 따라 쥐들이 달려가고 있다. 수십, 수백, 수천 마리는 되는 것 같다. 사람들은 쥐들을 밟지 않기 위해 펄쩍펄쩍 뛰어다니며 아파트 현관 밖으로 빠져나간다. 부모의 손에 이끌려 나온 아이들이 다리에 닿는 쥐들을 보고 울부짖는다. 사람들만 나오는 게 아니라 쥐들도 무슨 신호를 받은 것처럼 아파트 밖으로 빠져나온다. 그 신호란 혹시 휘파람이었는지 따위를 생각할 틈 없이 그녀는 발목에 들러붙고 스쳐가는 쥐들을 떨쳐내며 밖으로 나간다. 경비원! 경비원! 사람들이 외치지만 경비원도 이 광경을 망연자실 바라보다가 소화기를 쥐고 뛰어들어 쉿쉿 저리가, 휘두를 뿐 다른 방법이 있는 건 아니다. 누가 119 좀 부르라는 절규, 핸드폰을 두고 나왔다는 아우성, 이게 119의 일이 맞느냐는 물음 사이로 누군가가 화재

경보 버튼을 누른다. 뒤늦게 일어난 사람들이 저마다 현관문을 열기 시작한다.

쥐들의 발소리와 수많은 입주민의 비명이 뒤섞이고, 진동은 점점 밖에 선 사람들한테까지 다가온다. 그녀는 무언가를 예감하고 소리친다.

물러나요! 뒤로! 무조건 멀리 가!

품 안의 아이가 울기 시작한다. 그녀는 뒤돌아보지 않고 단지 바깥으로 달려 나가 4차선 도로 앞에 선다. 그 순간 세상이 무너지는 소리가 비명과 뒤엉켜 바닥으로 주저앉더니 땅속까지 뚫고 들어간다. 도로 너머의 다른 신축 아파트 대단지에서도 이 소리를 들었는지 집집마다 불이 켜지기 시작한다.

그녀는 뒤돌아본다. 방금까지 아파트가 서 있던 자리에 시멘트 잔해와 먼지가 피어오른다. 여전히 어딘가에서 휘파람 소리가 들려오는지 여부는 알 길이 없지만, 쥐들은 계속 쏟아져 나오고 있다. 이 많은 쥐가 여기에 어떻게 다들 자리 잡고 살았는지 짐작도 안 갔고 체감상 수만 마리는 되는 듯하다.

그녀보다 먼저 빠르게 앞서 나온 쥐들이 도로에 뛰어들고 차들이 그 위를 달린다. 쥐들의 시체와 피가 바퀴에 쓸려 튀어오르고, 몇몇 차들이 무언가를 치었다는 이물감을 느끼곤 저마다 비상등을 켜고 도로 가장자리에 정차하기 시작한다.

이 쥐들이 어디로 가려는 중인지, 휘파람 소리를 따라갈 뿐이었는지, 그게 아니라 휘파람은 그저 우연인지 그녀는 알 수 없다. 보이는 것은 다만, 서식하던 쥐 떼가 일시에 빠져나오자 종이 상자처럼 차례로 무너져 내리는 아파트의 모습이다. 그것의 하부 구조를 여태 지지해온 것이 쥐 떼라도 되는 것처럼. 눈앞에 펼쳐진 모든 집이 사람 사는 터전으로 보였지만, 실은 쥐들의 왕국에 사람이 세내어 살고 있었다는 듯이.

궁서와 하멜른의 남자 2022

쓰다 보니 보통의 단편소설 길이로 마침표를 찍게 됐다. 첫 문장을 쓰기 시작할 때부터 나는 이 소설이 미니 사이즈로 끝나지 않을 것을 예감했다. 새벽 3시 반에 어둠 속에서 통돌이 세탁기 안으로 허리를 굽히고 옷더미를 집어 올렸다가 기절할 뻔했던 사람이 나다. 10년도 훨씬 전의 일이고, 어쩌면 그보다 더 먼 전생의 기억일지도 모른다.

롱슬리브

10미터 상공에 매달려 진자 운동을 하는 내 머리 위를 아이들의 비명이 훑고 지나갔다. 내가 놓친 걸레와 유리 세정제 통이 바닥에 떨어지면서 오발한 총포 같은 소리가 울렸다.

그 와중에도 일촉즉발의 순간 목숨을 구해준 이가 누군지는 봐야겠어서 고개를 들었는데, 내 손목을 잡고서 움직이지 말라고 소리치는 아이의 표정은 역광 때문에 잘 보이지 않았다. 유난히 짜름한 동복 소매 밖으로 드러난 긴 팔목으로 누군지 알 수 있었다. 이 순간 아이러니하게도 나는 몸에 닥친 위기보다 그 팔에는 몇 개의 푸른 힘줄이 불거졌을지 같은 것이 궁금했다.

그 애가 힘주어 나를 당기고, 아이들 몇이 더 달라붙어 끌어 올렸다. 팔이 창틀에 걸쳐졌다. 대여섯 명이 달라붙어 마지막 기를 모으는 외침과 함께 나는 창 안으로 기울어져 떨어졌고 우리는 한 덩어리가 되어 바닥을 굴렀다. 얘가 팔이 긴 덕에 네가 살았다고 아이들이 앞다투어 말하며 누가 먼저라고 할 것 없이 안도의 통곡이 교실을 흔들었다. 그사이 누군가가 119도 불렀고 그때쯤 해서는 교무실에 남아 있던 선생님들도 도착했다. 학생들에게 교실 창문을 닦게 하지 말라는 엄중한 지시가 내려온 것은 그다음의 일이고, 일단 그 애와 나는 나란히 오른쪽 어깨와 왼쪽 어깨가 빠져서 병원으로 갔다.

치료를 마치고 나오면서 우리는 앞으로 습관성 탈골에 주의할 것이며 무리가 되지 않는 운동을 꾸준히, 그러면서도 조심스럽게 해야 한다는 이야기를 들었다. 엄마가 우리 둘의 치료비를 한꺼번에 결제했다. 나를 구하다 다쳤으므로 그 애한테도 내 이름의 상해보험을 적용할 수 있다고 그랬다. 그 애는 웅얼거림에 가깝게 고맙습니다, 하곤 더 이상의 어떤 치하나 보상도 원하지 않는다는 듯, 엄마가 집까지 태워주겠다는 걸 세 번 사양하고 버스 정류장으로 향해 갔다.

그 뒤로도 몇 번 더 병원 예약에 맞춰 가는 시간을 공유했을 뿐, 어느 정도 회복되고 나자 그 애는 나를 모르는 사람보다는 살짝 나은 정도로 데면데면히 굴고, 굳이 피한다고 할 정도는 아니나 확실히 친밀하지는 않게 지냈는데, 그건 나하고만이 아니라 다른 아이들하고도 마찬가지였으므로 그냥 과묵함이라고 이해하면 그만이었다.

그러나 나는 어느 날 하굣길에서 버스를 기다리는 그 애를 불러 세워다가 다짜고짜 말했다. 너 팔 좀 이렇게 뻗어봐! 그 애는 잠깐 어리둥절해하다가, 다 나았는지 보여달라는 뜻으로 받아들인 듯 오른팔을 지면과 수평이 되게 들어 앞으로 뻗었는데, 그 옆에 붙어 서서 내가 왼팔을 들어 대어 보이자 피하고 싶은 듯 움찔했다. 고맙다거나 미안하다는 말은 엄마가 만날 때마다 해버리는 바람에 나는 그 인사를 할 타이밍을 놓친 게 못마땅했으므로 어떻게든 직접 말할 기회를 잡고자 함이었지만, 본론에 바로 들어갔다면 차라리 나았을 걸 공연히 말문을 열어보겠다고 내 입에서 나온 건 시시하게도 이런 거였다.

길긴 진짜 길다.

하나 마나 한 말이다. 그 애는 나로서는 닿지 않을 곳에 자리한 손을 거둬들이며 심상히 대꾸했다.

뭐 그렇지, 너 이거 싫어했지.

그러면서 시선을 피했으므로, 그 애는 내가 그 순간 지은 낭패의 표정을 보지 못했을 것이었다.

그 애의 초등학교 때 별명은 루피 또는 긴팔원숭이였다.

그래봤자 만화 〈원피스〉 속의 주인공 루피처럼 적들을 한 방 갈기고 제자리로 돌아가는 편리한 고

무팔을 지니지는 않았다. 그 애는 그냥 팔이 눈에 띄게 길기만 하여, 가끔 높은 곳에 놓인 물건을 꺼내달라는 아이들의 부탁 정도나 들어줄 수 있었다.

몸이 작은 저학년 무렵에는 그저 길다 싶은 정도였지만 키가 자라는 사춘기에 팔도 따라 자랐다. 팔이 자라는 속도는 몸의 다른 어느 부위가 발달하는 속도보다 빨랐고 팔에만 무슨 생장 촉진제를 맞은 듯했다. 그 애의 엄마는 그 애를 데리고 닥터쇼핑까지 다닐 만한 여유는 없었으나, 그래도 처음부터 비교적 큰 병원에 들러서 이것저것 찍어보고 뽑아보기는 했다고 한다. 팔과 손가락을 이루는 뼈 마디마디가 성인 평균보다 1.3배쯤 길다는 것 외에는 골밀도나 근육신경계에 이상이 없다는 진단을 받은 뒤로, 조숙증을 늦춰준다는 알지 못할 한약을 한 제 지어 먹고서 별다른 효과를 보지 못한 걸로 끝이었다고.

그 애의 팔이 얼마큼이었는가 하면, 오른팔을 머리 뒤로 돌렸을 때 팔오금이 왼쪽 귀에, 손가락은

콧등에 닿을 정도였는데, 그건 팔만 길다고 되는 게
아니라 뼈와 근육의 구조 및 그것을 움직이는 방식
이 곡예단의 기예에 가까움을 뜻했다. 그런 자세는
아무나 취할 수 있는 게 아니다 보니 그 애는 중학
교에 올라와 처음 자기소개 및 장기자랑 시간에 팔
로 제 목을 한 바퀴 감는 기술을 선보이는 걸로 강
렬한 인상을 남기고자 시도했다.

와, 쟤 요가하나 봐!

아이들은 그로테스크나 언캐니 밸리를 볼 때처
럼 입가에는 예의상 미소를 지으면서도 눈썹은 여
덟 팔 자로 찡그렸고, 감탄과 경악이 뒤섞인 외마디
소리로 감상평을 대신했다.

소란과 흥분이 가라앉고 지루한 학업과 일상으
로 돌아온 뒤, 틈틈이 아이들이 점심시간이나 청소
때 그 애를 둘러싸곤 다른 묘기를 보여달라고 했으
나, 그 애의 팔은 고무나 용수철이 아니었으므로 목
을 한 바퀴 감는 것 외에 보여줄 만한 재주라곤 교
실 천장에 매달린 티브이의 먼지를 누구보다 깨끗

하게 닦을 수 있는 정도였다. 그럴 때마다 외기에 노출되어 하얗게 튼 팔이 훤히 드러났다.

뭐야, 별거 없네, 시시하네. 그건 그저 아이들다운 무심한 반응이었다. 이제 그 말과 함께, 단지 팔이 길다는 사실 외에는 그 어떤 특이사항도 없이 그대로 아이들 사이에 묻히면 되는 일이었다.

그러나 문제는 그 애가 아이들을 즐겁게 해주고 싶어 했다는 데 있었다. 그 애는 몇 가지 무리한 동작을 더 연습했고, 두 팔로 로버트 리플리의 믿거나 말거나 박물관 같은 데 전시 및 박제될 법한 자세를 선보이면서 박수를 받기까지 그리 오랜 시간이 걸리지 않았다. 나이를 먹을 때마다 고리를 한 개씩 끼워 기린과 같은 목을 갖게 된 어느 섬 부족의 여인처럼. 태어날 때부터 원반형 액세서리를 끼워 세월 따라 그대로 입술이 넓적하게 커진 남자처럼.

아이들의 열광적인 반응은 점점 고조되었고, 더해봐 더, 하고 보다 큰 자극을 원하는 목소리는 어느새 거의 야유가 되어갔다. 그 애의 팔에서 붉거지

는, 근육이 찢어질 듯 팽팽하게 부푸는 소리와 뼈가
마디끼리 부딪쳐 삐걱거리는 소리를, 거기에 일그
러지는 눈썹과 튀어나온 관자놀이를 따라 흐르는
땀방울을 참다못해 나는 소리쳤다.

제발 그만하라고!

모두의 즐거움을 담아 흔들던 산통이 깨졌다.

아 깜짝이야. 얘는 가만있는데 네가 왜 난리야.

나는 그 자리의 분위기를 읽지도 못하는, 웃자는
일에 죽자고 달려드는 사람이 되었다. 그러나 분위
기를 망쳤어도 그 애가 무모한 짓을 그만두었으니
그걸로 되었다.

너 괜찮아?

조금만 더했으면 뼈가 부러져서 팔꿈치를 뚫고
나왔을지도 모르는 애가 아무 일 없었다는 듯 다가
와 내 얼굴을 살피자, 괜찮냐고 물어봐야 할 건 이
쪽이지, 가 아니라 나도 모르게 그 애를 탓하는 말
이 튀어나왔다.

너는 왜 그런 걸 보여주고 그래? 네가 뭐라도 되

는 줄 알고.

너는 그저 보는 이들을 기쁘게 해주고 싶었을 뿐이고 관객의 요구 사항이 더욱 난폭해지거나 잔인해지리라는 건 미처 생각 못한 바였고…… 같은 이해의 말들이 뒤이어 나오지 않았다. 그 애는 어쩔 줄 몰라 하며 머리를 긁적였다.

기분 나빴어? 미안.

나는 이제 막 괴어오르기 시작한 눈물을 들키지 않기 위해 손을 뿌리치고 교실 밖으로 도망치듯 나가버렸다.

그 뒤로 그 애는 더 이상 제 긴 팔과 그것의 기능을 누구의 요청에 의해서도 전시하지 않았다. 다만 가끔 새로 온 교사들이 이 녀석 교복 소매 좀 바로하라고 으름장을 놓다 흠칫 놀랄 뿐이었다. 그 애의 부모는 입학 시에 3년을 꼬박 입으라고, 중간에 교복을 바꿔줄 만한 형편은 아니라며 애당초 큰 치수로 맞추기는 했으나 품이 자라는 속도보다 팔 길이가 늘어나는 속도가 그렇게까지 빠를 줄은 몰랐다고 했다. 그렇게 두 해나 공연히 어깨를 움츠리고 지내다 그 애는 그날 뻗은 거였다, 떨어지는 나를 잡기 위해, 그동안 옹송그리고만 있었던 팔을.

너 이거 싫어했잖아.

그 애가 막 도착한 버스에 올라타는 바람에 나는 그 뒷모습에 대고 서둘러 부정할 기회를 잃었다. 그런 게 아니었다고.

그 애는 어른이 되면 두 팔을 벌리고 선 나무가 될지도 몰랐다. 깜박 졸던 신의 실수로 식물의 유전자를 가진 무언가가 인간으로 태어난 것처럼. 두 팔로 나무 그늘을 만들어주고, 머잖아 그것이 하늘까지 뻗어 올라갈지도.

—그것이 바로, 사장님이 이 옷가게의 이름을 '롱슬리브'라고 지은 까닭인가요? 어쩐지, 나도 에스닉하고 루즈한 스타일 좋아하고 딱 걸쳤을 때 손가락

182

한 마디만큼만 삐져나오는 긴소매가 취향이긴 한데, 그런 나도 보고 깜짝 놀랐을 정도로, 처음 봤을 땐 무슨 간달프 입으라는 옷만 파는 줄 알았어요.

손님에게 찻잔을 내밀며 나는 부연한다.

─그 뒤로 그렇게까지 팔이 긴 사람은 다시 만나지 못했지만, 기본적으로 저는 팔이 긴 사람들을 위한 옷을 만듭니다. 그러면서 문득 떠올립니다. 그 애는 아직도 손목이 추울까, 고맙단 말도 제대로 못 했는데 졸업하기 전에 팔 토시라도 떠줄 걸 그랬지 하고요. 홈페이지에, SNS에 새로 디자인한 옷들을 올려놓고 모든 스펙 가운데 슬리브 길이를 가장 눈에 띄게 첫 번째로 명기하면서, 언젠가 그 애가 옷을 사러 와주지는 않을지 기다리는 거죠. 언제나 내 눈에 들어온 것은 그 애의 팔 길이보다는, 터무니없이 짧은 소매 밖으로 드러나서 추위에 떠는 팔 그 자체였으니까요.

나는 그 애가 고등학교에 가서는 신체의 장점을 살려 배구를 했다는 사실에 대해서나, 신체 조건에 비해 운동 능력은 타고나지 않은 까닭에 클럽활동 정도로만 2년쯤 하다가 그만두었다는 이야기에 대해 말하지 않는다. 어른이 되고 난 뒤로 그 애가 팔이 긴 만큼 있는 힘껏 두 팔을 벌려 많은 사람에게 손을 내밀 수 있었다는 사실을, 그리 안전하거나 쾌적하다고 보기 힘든 세계 곳곳으로 봉사활동을 떠난 뒤 '내일을 여는 청년들' 같은 콘셉트의 작은 인터넷 기사로 한번 접한 뒤 소식을 알지 못하게 됐다는 말은 하지 않는다. 중요한 것은 그 팔의 길이와 쓰임새가 아니라 그것이 어디로 어떻게 뻗어 나가는지에 달려 있을 거라고도 말하지 않는다. 기다란 팔이라는 스펙터클에 압도된 사람들은 굳이 그런 걸 생각하지 않으려 할 테고, 그 애에 대해서는 나만 알고 있어도 된다.

세금계산서나 배송 문제가 번거로워도 옷가게를 유지하려면 요즘 세상에 인터넷 쇼핑몰 입점이 필수라고 권유 조로 말하던 손님은, 그새 약속 시간이 다 되었다며 연인의 상의를 두 벌 고르고 카드 결제

를 한다. 그녀의 연인도 보통 아니게 팔이 긴 모양
이다. 세상에 팔이 긴 사람들이 적지 않아서 다행이
다. 물론 첫째론 빈한한 소상공인으로나마 근근이
살아갈 수 있으리란 기대감이지만, 팔이 길면 그것
을 뻗어 그 애가 내게 그랬듯 누군가를 구해줄 수도
있고…….

　무엇보다 단단히 포옹할 수 있겠지.

　진작 옷본을 떠놓고 미뤄두었던 늦가을용 롱슬
리브 벌룬 타입 원피스를 시작하기 위해 작업대에
앉는다. 그럼에도 한참 뒤, 전기 재봉틀이 돌아가는
소리가 아무리 크다 한들 그 사이로 스며드는 작은
풍경風磬 소리를 놓치지 않는다.

　—어서 오세요.

롱슬리브 2017

웹 플랫폼 〈판다플립〉의 초단편 기획에 수록했던 또 다른 한 편. 체감상으론 이 무렵을 전후하여 미니픽션 원고를 찾는 출판사와 플랫폼이 지속적으로 늘었던 걸로 기억한다. 테마형 앤솔로지 제작 발간이 많은 출판사에서 활성화되었고, 청탁 원고 분량은 짧아졌다. 바쁜 일상에서 휴대전화로 짧은 스크롤의 콘텐츠를 소화하기 원하는 독서 경향에 부응하고자 하는 시장의 움직임이었을 텐데, 원고의 분량이 줄어도 그 원고를 쓰는 데에 품이 더 적게 들지는 않았다.

세상에 태어난 말들

신의 사전을 훔쳐서 나온 천사가 있었다. 신의 물건에 손댔으니 더 이상 천사라고 부를 수 없으나 악마가 되었다고 보기는 애매한 미결정의 존재이므로 이를 그저 한 인간, 원One이라고 한다. 원은 천사에서 악마로 떨어지기 전에 거치게 마련인 어떤 상태를 가리킨다.

　처음 신의 사전에는 빛과 어둠을 가른 뒤로부터 7일간의 말씀만이 수록되어 있었으나 이후 인간이 오랜 세대를 통과하며 만든 언어가, 역시 인간이 규정한 철자와 문법에 따라 페이지마다 정렬 누적되었다. 말씀 이후로 대부분의 말을 배태 및 발아시킨 것이 인간임에도 그것을 신의 사전이라고 칭하는 까닭은, 그 거대한 책에 담긴 말 가운데 하나를 지우면 그 말이 지시하는 사물이나 사태, 사건이 사라지기 때문이다. 이때 유의어나 반의어로, 반복이나 변주의 그물망으로 연결된 사태들 또한 연쇄적으로 사라질 가능성을 배제할 수 없는데, 이는 기본적으로 음운과 의미가 일대일대응을 하지 않아서이기도 하지만, 인간 세상에서는 말들의 의미가 한자리에 정박하지 않고 흐르거나 심지어 역류하는 수가 많기 때문이다. 그들 사이에서 처음과 같이 이제와 항상 영원히* 한결같은 말이 있다는 것은, 곧 말의 장례를 치렀다는 뜻이 되기도 한다. 그러므로 신의 사전은 말들의 집결지이면서 말들의 무덤이기도 하다.

그리하여 신의 사전에서 '생성'이나, 특히 '소멸'

---

* Sicut erat in principio, et nunc et semper et in saecula saeculorum 가톨릭의〈소小 영광송Gloria Patri〉가운데 한 구절.

따위의 말을 지우면 매우 중대하고 우주적인 오류가 발생하여 신의 존립 자체를 위협하므로, 신은 자신의 영속을 위해, 인간이 만들어낸 그 어떤 말도 임의로 지우지 않는다. 말을 변형하고 훼손하거나 삭제하는 것은 어디까지나 인간의 몫으로 맡겨두었고, 인간들 사이에서는 사전에 등재된 말의 지위를 변경 내지 폐위한다 해도 그 말이 지시하는 사태는 여전히 남아 있거나 득세하는 경우마저 많다. 신은 게으르다. 그런데 게으름이란 간혹 끝없는 공허, 허무와 구별이 어렵다. 신은 어쩌면 그 어떤 것에도 관심이 없으며 자신의 존재 여부에도 무관심할 것이다.

원은 생각한다. 매우 중대하고 우주적인 오류가 발생해선 안 되는 이유라도 있을까? 또한 원은 생각한다. 애당초 생성이나 소멸을 지우는 행위가 반드시 우주적인 오류이기는 한 걸까?

수많은 천사의 방어막을 부수고 천국의 울타리를 둘러싼 가시넝쿨을 베어 지상으로 떨어지는 관문을 통과하고 나자 원은 이미 피투성이였고 거대한 사전을 둘러멘 등이 짓눌려 한 걸음 한 걸음이 무거웠으나, 자신의 선한 의도를 의심하지 않았으므로 뒤돌아보지 않고 앞으로 나아갈 수 있었다. 원은 처음 사전을 펼친 뒤 모든 것의 궁극적인 원인이자 동시에 결과이기도 한 '시간'을 지우려고 검은 펜을 댔었다. 필멸의 고통을 받는 사람들에게서 시간을 없앤다면 인간은 더 이상 늙음과 퇴락을 두려워하지 않아도 될 터였다. 그것을 지우는 순간 어떤 일이 벌어질 것인지 원은 알 수 있었다. 시간이 사라지면 죽음이 사라지는 대신 생성도 사라진다. 그거야말로 원이 바라고, 어쩌면 인간도 바랄지 모르며, 만상에 대한 신의 무관심이 극대화된 상태에 해당할 것이었다.

그러나 세상에 인간은 너무나 많고, 죽음을 바라는 인간만큼이나 현재에서 미래로 살아가기를 원하는 자들도 많았다. 살아-가기. 간다는 동사는 시간의 흐름과 장소의 이동을 전제로 한다. 시간을 지우면 여기에서 저기로 옮겨간다는 의미의 이동 또한 지워지며, 어떤 행위도 발생하지 않고 사람의 말이 입 밖으로 나오는 일조차 불가능한, 총체적 멈춤이라는 결과를 초래할 것이다. 기왕 배 속에 들어 있던 아기는 더 이상 자라나지 않고, 막달의 아이는 태어나지 않고 임부의 고통만 그대로 진행 중인 상태에서 멈출 것이다. 시간이 없으므로 시간에 따른 세포의 움직임도 없고 한번 보유한 고통은 영원히 끝나지 않으며 영원이라는 추상적 개념 또한 쓸모없어질 것이다. 죽음으로 고통에 종지부를 찍는 일이 불가능하다. 그 어떤 완결도 없게 된다는 것은 시작을 잃어버린다는 뜻과 같다. 인간의 생체를 구성하고 있던 모든 조직이 마찰력을 잃고 풀어져 흩어지며, 마찬가지로 모든 생명체가 그 형태를 유지할 수 없게 되어 고통이나 기쁨을 모르는 원자로 돌아갈 것이다…… 무엇보다 시간은, 빛이 있으라고 명한 말씀 때부터 존재했던 신의 고유한 단어이므로, 원은 그것을 지울 수 없다.

그리하여 신과 되도록 밀접한 관련을 맺지 않는 말, 지극히 인간적인, 협소하고 국지적인 단어를 지움으로써 인간을 위한 일을 할 수 있으리라 여긴 원은 첫 번째 도시에 다다른다. 사람들은 그전까지는 물론 지금 이 순간에도 서로가 서로의 멱살을 낚아올리고 머리채를 잡아 돌림으로써 원하는 것을 얻어내거나…… 주로 빼앗고 있었다. 한 사람이 말을 하면 다른 사람이 제 편을 끌어 모아 다 함께 손가락질하거나 주먹을 날려 입을 다물게 했고, 또 다른 사람들이 손가락질하거나 주먹을 날린 자들에게 같은 행위를 반복하다가 그것만으로는 간에 기별이 가지 않으니 강도가 점점 높아지면서 주먹은 돌이 되고 나중에는 화염이나 창으로 바뀌는 게 일상이었다. 그런 과정 없이는 자신의 삶을 영위할 어떤 것도 얻어낼 수 없었다. 만일 서로를 향해 칼을 겨누지 않고서도 스스로의 힘과 정직한 마음, 상식적인 행위만으로 생계를 이어나갈 수만 있다면. 최소한의 평화가 보장될 테고 인간은 고통의 요건 하나가 줄어드는 셈이다. 그리하여 원은 등에 진 신의 사전을 힘겹게 내려놓고 펼쳐서 '공격'을 지운다.

인간에게서 공격성이 사라지면 서로의 목을 베고 심장을 찍어 내리는 데 쓰였던 낫은 밀과 보리의 목을 베는 데만 쓰인다. 서로를 향해 눈을 부릅뜨지 않고 적대적인 행동을 취하지 않으며, 그 무엇도 파괴하지 않는 온순함을 유지한다…… 원의 예상은 그것이었다.

그러나 사태는 원의 전망과 조금 달리 흘러간다. 사람들은 타인의 목에 들이댄 낫날의 방향을 돌려 밀과 보리를 베는 게 아니라, 낫을 들지조차 않는다. 무언가를 베거나 뜯어내는 행위는, 설령 인간이 물과 비료를 주고 약을 쳐서 가꾸었다 할지라도, 살아 있는 자연에 대한 공격이다. 사람들은 수확하지 않고, 사냥하지 않는다. 노루나 토끼가 눈앞을 뛰어 달아나더라도 그것에 손을 뻗을 생각조차 하지 않는다. 추수해야 할 때를 훨씬 넘긴 작물들이 썩어 물러서 떨어지고 논밭은 검게 물들며 악취를 풍긴다. 그전에는 벌레를 잡기 위해 약을 쳤지만 이제는 벌레를 공격하는 행위가 이루어지지 않으므로, 죽은 작물마다 까맣게 벌레가 들러붙어 꿈틀거린다. 아기가 어미의 젖을 빨지 않고 죽어간다. 아기가 생존하는 도구인 입에서는 힘차게 먹을 것을 취하고자 하는 욕망이 사라지고, 손아귀는 어미의 유방을 움켜쥐거나 탐색하지 않으며, 울음으로써만 원하는 것을 얻어낼 수 있음에도 음성에서 탄력이 빠져나가 중얼거림과 옹알이만 남는다. 어미는 무심히 젖을 물리지만 아이는 입에 물고만 있을 뿐 빨아들이는 행위를 모른다. 젖을 짜내지 못하고 가슴이 딴딴하게 부어서 굳은 어미는 고열로 죽어간다. 공격성이 사라지면서 약탈과 편취도 사라지며, 타인에 대해 경쟁 우위를 점하기 위한 인간의 지능이 제로에 수렴되고, 자신의 존속을 유지하고자 하는 본능도 제거된다.

원은 자신의 단어 선택이 잘못되었음을 깨닫지만, 하나의 도시에서 한번 신의 사전을 펼쳐 지운 말은 원래의 자리에 되살릴 수 없다. 그리하여 이미 태어난 아이들을 비롯한 인간들은 누구도 공격하지 않고 스스로의 삶을 놓아버린다. 놓아버린다는 것이 자살을 의미하지는 않는다. 자살은 스스로에 대한 공격이기 때문이다. 그저 삶이 천천히, 자신을 구성한 최소한의 요소와 성분을 잃을 때까지 거추장스러운 몸을 내버려두는 것이다. 정복 욕망으로서 일종의 공격성을 필요로 하는 섹스 또한 자취를 감춘다. 사람들은 오로지 잠에 빠져든다. 잠자는 행동이 누군가에 대한 공격이 되는 경우는 흔치 않다. 가장 안전하고 무해한, 누구도 공격하지 않는 행위로 모든 본능 가운데 수면만이 충족되고 누구도 자리에서 일어날 필요를 느끼지 않는다.

　인간만이 아니라 동물의 먹이사슬 체계가 끊어진다. 상한 작물에 관성적으로 들러붙은 벌레들은 그것을 섭취함으로써 변이나 탈피를 하지 않고 기운을 잃어 떨어져 내린다. 도마뱀이나 개구리는 혀를 길게 뽑아 곤충을 삼키지 않는다. 상위 포식자에게 먹히지 않은 작은 동물들은 보호색이나 독가스 같은 자기방어 체계를 잃는다. 그러나 식물은, 사람들은 흔히 공격성이 식물과 대체로 인연이 없는 말이라고 믿는 만큼, 그것이 제거되더라도 살 수 있지 않을까? 식물 또한 흙에서 양분과 물을 빨아올리는 법을 잊는다. 벌이 날아와 꿀을 빨지 않으니 식물은 꿀을 생성하지 않는다. 꽃을 피움으로써 향기를 발산하는 과정이 사라진 것이다. 꽃이 피지 않으니 열매 또한 맺히지 않는다. 결국 다음의 씨앗을 떨어뜨리지 못하고 식물의 삶은 세대를 이어 나가지 못한다. 그리하여 원은 공격이라는 말이 반드시 상대를 때리고 찌르는 게 아니라 생존에 필수적인 무언가를 취하는 행위도 가리킨다는 걸 알게 된다.

그 모든 무욕과 무기력은 도시 내에 살아 있는 존재가 단 하나도 남지 않을 때까지 계속된다.

신의 사전은 너무 거대한 탓에 한 발짝 옮길 때마다 흙바닥에 모서리가 끌릴 것만 같다. 습기를 머금

었는지, 아니면 줄곧 오르막길이 펼쳐져서인지 처음 출발했을 때보다 왠지 모르게 무거워진 것만 같은 사전을 등에 지고, 원은 용기를 잃지 않으며 다음 도시로 나아간다. 처음의 실패를 거울삼아 원은 조금 더 의미망이 작고 구체적이며 명확한 단어를 골라 지울 것이다.

그러나 막상 한 개의 단어에 검은 펜을 가져가면 그것이 정말 작고 구체적인 데다 명확하기까지 한지 헤아리기가 어렵다. 걷다 지치면 앉아서 신의 사전을 펼치고 무엇을 없애도 좋은지, 아니, 그건 너무 소극적이고 방어적인 표현이라 무엇을 없애야 인간에게 이로울지 심사숙고한 끝에, 두 번째 도시에 도착했을 때 원이 지우기로 결심한 것은 '고독'이다. 고독을 지우면 사람들이 더 이상 외롭게 죽어가지 않아도 될 것이다. 누군가의 옆에는 항상 다른 누군가가 있어서 서로를 지탱하며 서로에게 존재 이유를 부여할 것이다. 또는 인연이 닿지 않아 곁에 아무도 없다 해도, 예컨대 친구나 배우자, 부모뿐만 아니라 키우는 고양이나 새 한 마리, 나무 한 그루 없더라도 고독을 벗 삼아⋯⋯라는 말이 사라지는 한편 홀로 있어서 외롭다는 감정 자체를 알지 못하니 고독에 짓눌려 죽을 일이 없을 것이며, 그중에는 곁에 머무는 누군가의 존재를 대체할 무언가를— 구체적이고 유용한 결과물을 생산해내는 이도 있을 테고, 어떤 자는 무질서와 정념으로 들끓던 내면을 깊이 탐색할 시간을 가질 테니, 그건 결국 문명과 정신의 발전으로 이어져 후세 인류에게 도움이 될 것이다.

신의 사전에서 고독이라는 말을 지우자, 원의 의도대로 사람들은 더 이상 외로움을 느끼지 않게 된다. 그런데 그것은 홀로 있음으로써 자신에 대해 고찰하고 사유의 지평을 넓혀간다는 의미와는 다르다. 사람들은 그저, 반드시 누군가와 함께 있고 무언가와 함께함으로써 고독으로부터, 자유로워진다는 것과는 조금 다른 의미로, 벗어난다.

홀로 벽을 응시하거나 눈을 감아서 세상과의 감

각 교환을 차단하고 지나간 장면을 곱씹어 미래를 위한 양분으로 삼는 일이 없으며, 그저 단지 현재의 열락과 오욕을 소비하는 데 집중한다. 하루 중 극히 일부의 시간을 머물 뿐인 0.5평의 욕실을 제외하고선—이 욕실에도 최소한 개나 고양이가 동행할 것이며 살아 있는 것을 일체 키우지 않더라도 욕실에는 자신과 가장 닮은 존재가 있다. 거울을 한 번만 들여다보면 된다—그 누구도 홀로 있거나 홀로 잠드는 법이 없고 어쩌면 꿈속에서도 누군가와, 또는 자신의 그림자와 함께할 것이다. 하루가 저물고 나면 동력이 다한 듯 지쳐 휴식에 떨어지지만, 눈 뜨고 나서 잠들기까지 자신을 둘러싼 것들에 대한 즉물적인 반응을 보이기에 하루해가 모자란다.

일하면서 생겨나는 문제들과 사사건건 부딪치고, 부딪칠 만한 일이 없으면 문제를 만들거나 키워서 부딪치게끔 하고, 일을 내려놓으면 음악과 고성과 함께 목구멍으로 흘러 들어가는 약과 술이 끊이지 않는다. 사람과 동물과 사물과의 관계가 끊어지는 법이 없지만, 열광을 넘어 폭력과 비명까지 수반하는 그것을 관계라고 규정하기가 어려워진다. 하나의 몸에 쏟아지는 감각의 정보는 부피와 중량이 늘고 그 강도 또한 극대화되어, 종내는 감각의 날 자체가 무디어진다. 감각의 비만. 반응의 소모. 한 번 입력된 감각은 그것을 초과하는 자극이 들어오기 전까지 반응을 인출하지 못하고 다른 수많은 감각 사이에 파묻혀 퇴화한다. 자극의 초과를 향한 탐색의 여정이 이어진다. 밀담과 애무와 폭소와 환성은 부서지는 유리, 피 묻은 돌, 주먹과 발길질, 멱살잡이와 구토로 이어진다. 서로가 없으면 살지 못할 것처럼 포용한 연인들은 빠르게 서로를 지겨워하고 환멸을 감추지 못하면서도 연리지처럼 붙어 있을 수밖에 없다.

어쨌거나 사람들은 더 이상 혼자가 되는 일이 없는 것이다. 비록 그것이 어떤 모습이라 할지라도. 그러므로 그들의 관계는, 그것도 관계라고 할 수 있다면 서로를 할퀴고 물어뜯고 깨부순 거울 조각으로 자신의 손목이나 상대의 얼굴을 긁기도 하며, 그 과정에서 돌출된 상처를 핥기도 하고 소금을 치는 등 다양한 방식으로 이어진다. 결국 서로의 형체가 남지 않게 될 때까지.

신의 사전을 등에 진 원은, 이번에는 평지에 가까운 완만한 오르막길인데도 발걸음이 그전보다 더욱 처지는 것을 느낄 수 있다. 그저 느낌 탓이 아니라 이 순간에도 세상 곳곳에서 생겨나는 외침들, 조롱들, 통곡들, 웃음들 따위가 말로 정착되고 신의 사전에 수록되는 중이며, 말이 불어난 사전은 점점 무거워지고 있는 것이다.

이렇게 실체가 있고 무거운 말을, 인간은 그 무게를 전혀 느끼지 못하고 난사한다. 허공에 값 없이 흩어지는 말들도 있으며 어떤 말들은 사람의 심장에 가서 박히고 그를 죽인다. 드문 일이지만 특정한 말을 듣고 죽어가거나 반대로 죽어가다가 살아나는 꽃도 있는 것처럼. 사람들은 오로지 말을 만들

어 사용하고 때로는 뿌릴 뿐이며, 그 말의 주인이
되지는 않는다. 말을 가진다는 것은 신이 된다는 뜻
이다. 말을 남용하다 보면 자신이 언젠가는 그 말을
가졌다고 착각할 것이다. 사람은 누구나 자기만의
신이 될 날이 언젠가는 올지도 모르고 실은 이미 저
마다 신을 참칭하며 신을 두려워하지 않는다. 그러
므로 어떤 말을 없애는 것은 인간 사회의 불의와 불
편을 덜어내기도 할뿐더러 그들을 궁극적으로 신
의 자녀가 될 수 있도록 돕는 일이기도 할 것이다.
원은 실패가 이어진 데 대해 조금도 낙담하지 않고
다음 도시로 나아간다. 세계는 넓고 도시는 많다.
어쩌면 신의 사전에 등재된 말들을 모두 지울 때까
지 이 세계의 도시는 남아 있을 것이다.

다음 도시에 다다라 원이 지운 말은 오염이다. 오
염을 없애는 것은 각종 유해 세균이 번식할 근거지
를 없앰으로써 사람이 감염으로 목숨을 잃을 가능
성을 줄여준다. 사람들은 그전까지의 문명을 버리
고 자연 친화적인 생활로 돌아가, 플라스틱 폐기물

이나 폐수로 환경이 오염되는 일이 없다. 기름진 흙과 물만 깃든 건강한 땅, 제 얼굴이 선명히 비쳐 보일 만큼 맑은 물, 먼지 한 줌 없는 공기. 오염 없는 쾌적한 도시에서 누군가를 시기하거나 비하하는 오염된 마음도 사라지고 한 점 얼룩 없는 흰 눈의 마음으로 진실하게 사람과 환경을 대하게 될 것이다. 이 도시에서는 사람들이 어쩌다 실수로 자상이나 열상, 화상을 입어도 그 자리에 구더기가 꼬이지 않는다. 누구나 작은 상처라도 하나 입는 순간 즉각 천연 약초를 문지르고 나뭇잎을 붙여 환부를 무균 상태로 보존한다. 외부에 있는 무엇이라도 몸속에 침투하지 않도록, 흐르는 맑은 물에 손을 씻는 습관이 모두 철저히 몸에 배어 있다. 사람들은 서로를 향해 깨끗한 말을 하고 깨끗한 마음을 먹으며 깨끗한 행동을 한다. 자연과 어울리는, 자연과 하나 된 모습을 보기만 해도 평화가 온몸에 스며든다.

그러나 이곳 도시에서는 그전까지 지나쳐왔던 그 어디보다도 빠르게 문제가 발생한다. 인간이 살아가기 위해 무언가를 만들어내고 나면 반드시 그 뒤에 소용없는 잔여물이 생긴다. 나무 장작 하나를 태워도 재가 쌓인다. 그 성분이 얼마나 자연적이든 간에 얼굴이나 손발, 의류에 묻은 검은 재는 눈살을 찌푸리게 한다. 그것에 오염이라는 이름을 붙이지 않더라도, 그것이 오염이라는 인식이 없더라도 무언가 좋지 않은 것, 불길한 것이라는 사실에서 벗어나지 못한다. 자연적인 잔여물을 토양에 묻어두더라도, 세균과 벌레가 사라진 세상에서는 그것을 분해할 존재들이 없다.

사람들은 무언가를 만들거나 쓰지 않는 일만이 깨끗함을 유지하는 방법이라는 걸 알게 된다. 흐르는 맑은 물에 손을 씻고, 온몸을 씻고, 마침내는 온몸을 담근 채 물 밖으로 나오려고 하지 않기에 이른다. 몸속을 유영하는 피를 비롯한 여러 체액들, 생명을 유지하는 그것들이 몸 밖으로 나오면 순식간에 깨끗하지 않은 것이 되고 만다는 사실을 알아차린다. 그러니 더 이상 아무도 배설하지 않는다. 체액과 타액의 교환을 전제로 하는 행위는 어떻게 보아도 청결하다고는 할 수 없기에 누구도 섹스를 하지 않으며, 이미 깃들어 있던 배 속의 아이가 태어나자 산모도 산파도 아이에게 붙어 나온 태반이며 피를 보고 까무러쳐 다시 눈을 뜨지 못한다. 배설하지 않기 위해서는, 몸속의 것을 몸 밖에 나오지 않도록 하려면 몸속에 더 이상의 잔여물이 남지 않도록…… 먹지 않는 수밖에 없다. 존재하지 않는 수밖에 없다.

사람들은 앉은 자리에서 그대로 움직이지 않고 눈을 감은 채, 자신의 존재를 비워간다. 바싹 말라붙어 쪼그라들고 껍질만 남는다. 손대면 가루로 부스러지기는 하나 그 껍질들은 자연에 흡수되지 않는다. 더러운 것을 분해하여 정화하는 순환 과정이 모두 멈춘다. 다만 청결을 유지하려 했을 뿐인데, 아이러니하게도 자연의 형태가 유지되지 않는다. 그리하여 원은 진정한 깨끗함이란 생명이라는 것이 이 세상에 존재하지 않는, 말씀 이전의 상태를 가리킨다는 사실을 알게 된다.

원은 등에 진 신의 사전이 어느새 바닥에 끌려 모서리가 닳는 것을 느끼며 천천히 앞으로 나아간다. 발목을 휘감아오는 피로와 탈력은 그가 고통을 모르는 천상의 몸에서 지상의 몸으로 떨어진 지 오래되었기에 생기는 것이다. 하나의 말은 다른 하나의 말, 또 다른 수많은 말과 이어져 그물을 맺는다. 찾아보면 분명 하나의 사태에 하나만 대응하는 말이 어딘가에는 있을 텐데, 어째서 그 말을 찾아내는 일이 이토록 어려운가. 어째서 언어는 서로서로 유기적으로 연결되어 있으며, 그 언어가 지시하는 사물이나 사태 또한 마찬가지로 연결되어 있는가. 어째서 하나를 없애면 다른 것이, 또 그와 비슷하거나 연관된 다른 것이, 다른 것과 이어진 다른 것이, 연쇄 다발로 소멸하는가, 결국은 모든 것이 그 자리에 남아 있지 않게 될 때까지.

그럼에도 원은 이 우주 어딘가에 단 하나의 도시

도 남지 않게 될 때까지, 태초에 말씀이 있었으나 그 말씀으로 이루어진 곳이 모두 사라질 때까지 앞으로 나아갈 것이다. 그것이 설령 신의 사전에 담긴 말을 모두 털어버리는 결과를 낳는다 하더라도. 인간의 말을 모두 없애버리면 어떨까. 사전의 무게가 공기보다도 가벼워질 것이다. 거기에 새로이 말씀을 채워나가는 것이다. 말이 없어지면 인간은 모두 없어질 것이다. 태어나지 않은 존재가 될 것이다. 탯줄을 잃어버린 말들도 더 이상 태어나지 않을 것이다. 인간을 위해 할 수 있는 가장 좋은 일이 무엇인지, 원은 이제 알 것만 같다. 다음번 도시에서 원이 지우기로 한 말은 혐오다. 혐오가 사라진 도시에 인간이 남아 있을 것인지, 아니 무언가 남아 있기는 할 것인지 원은 그것이 궁금하다.

세상에 태어난 말들 2018

2018년 12월에 연희문학창작촌에서 발간하는 〈웹진 비유〉의 '쓰다' 코너에 200자 원고지 50매 분량으로 수록한 단편소설이다. 온라인 웹진은 그전에도 있었지만, 이때는 소설 끝에 해시태그를 달아서 키워드에 따라 필요한 소설을 찾기 쉽게 한다는 기획이 신선하고 신기했다. 그런데 소설을 읽는 데 해시태그가 필요한지 묻는다면 아직 잘 모르겠다. 주제별 분류니 소재별 취향 맞춤형 큐레이팅 같은 말을 들어보았지만 문학은 AI가 알고리즘에 따라 제안하는 광고가 아니며 몇 개의 키워드로 간추릴 수 없는 뜻밖의 조우, 비의도적이며 비효율적인 경험이라는 믿음이 남아 있다.

누더기 얼굴

나는 더없이 투명하여 당신들이 나를 볼 때면 내 모습이 아니라 내 뒤로 펼쳐진 세계가 보일 겁니다. 이 투명함이란 건드리면 깨질 듯한 순수와 그로 인한 고양감 등, 비유나 상징으로 이루어진 심상의 세계와는 무관합니다.

나는 투명 인간입니다. 이 역시 현대인의 고독이나 소외의 대유법이 아니라, 철저한 물상의 세계에서 일컫는 투명 인간입니다. 내게도 피부와 근육과 뼈와 혈액이 있을까요. 안구와 혀와 치아는요. 이렇게 살아서 움직이고 남들과 같은 생활을 하는 걸 보면 분명 내 몸은 앞서 열거한 조직으로 이루어져 있을 텐데, 나는 다른 사람들과 조금도 다를 바 없을 텐데, 어떻게 거울 앞에 서면 내 얼굴이 아니라 내 얼굴 뒤에 있을 벽걸이 그림이나 책장만 보이는 걸까요. 나는 태어날 적에 어디다 내 얼굴을 두고 여기까지 왔을까요.

　사람들은 나를 볼 수 없어서—그보다는 나를 볼 필요를 느끼지 못했다고 할까요. 내가 여기 있다는 사실을 알기 위해서는 최대한 가까이 밀착하여 살펴야 하거든요. 수고를 감수해야 하거든요. 사물과 내 몸이 맞닿은 곳에 이지러지는 방식으로 형성되는 최소한의 경계를 알아차리려면요. 거기에 더하여 숨결과 체온을 통해 여기 사람이 있음을 알려면, 어떻게든 손을 내밀어 대상을 어루만져야 합니다—처음에는 나의 어깨를 함부로 치고 지나가고, 아무것도 없어야 마땅한 곳에 왠지 모르게 방해물이 있다면서 두려워합니다. 그러다가 내가 아프다고, 여기 사람이 서 있다고 소리치면 머쓱한 표정으로 핀잔을 줍니다. 그러게 누가 너에게 거기 있으라

했느냐고 말이지요. 투명 인간은 남들의 진로에, 세계의 전진에 방해되지 않는 방식으로 최대한 물러나 있어야 한다고요. 그래야 정당하게 살아가는 사람들에게 피해를 주지 않는다고요.

그런데 혹시 아나요. 남들의 눈에 보이지 않기에 내가 볼 수 있는 것이 오히려 많다는 사실을. 그리고 그것이 투기나 은폐, 구타나 방화와 같이 되도록 은밀하게 행하고 싶은 것일수록, 나는 오히려 잘 포착할 수 있다는 사실을. 고양이의 목에 노끈을 감는 손, 남의 집 담벼락에 갈기는 오줌 줄기, 병든 노숙인의 모자 안에 넣어놓는 먹다 버린 팥빵, 잠든 취객의 품에서 꺼내는 지갑, 인적도 가로등도 없는 공원에서 서로의 옷을 벗기는 연인들. 투명한 몸을 한 내가 가지 못하는 곳이나 보지 못하는 것은 없습니다.

일어나서는 안 되는 일들을 목격하고 가끔은 내가 그리는 정의와 공익을 실현하기 위해(내 코가 석 자라는 점은 일단 접어둡시다) 그 현장을 신고한 적도 수차례 있지만, 사람들 대부분은 투명인간의 말을 들어주지 않거나, 신고해보았자 관련법이 미비하다든지 증거가 없다든지 같은 이유로 훈방 정도, 최대 집행유예에 그치더군요. 그러고 나선 오히려, 투명한 얼굴을 지닌 자가 개개인의 안녕과 사생활을 침해한다는 불만의 소리가 나올 뿐이어서 오래지 않아 나는 나의 쓸모에 회의를 갖게 되고 질서의 진정한 정의定義를 의심하게 되는 한편 무언가를 바로잡는다든지 누군가를 돕는 일에 시들해지고 말았습니다. 그러므로 내가 호소하고 주장한 것은 나의 피로 때문만이 아닌, 당신들의 심리적 안녕을 위해서이기도 합니다. 나도 당신들의 눈에 띄어야 한다고, 얼굴을 가질 권리가 있다고 말한 것은.

그에 공감한 사람들이 내게 얼굴을 줍니다. 모두가 하나씩 둘씩 내게 바라는 모습과 기대하는 방식을 발설하자 그것이 반영되어 만들어진 이미지의 조각들이 내 얼굴을 이룹니다. 조각 하나, 조각 둘, 셋…… 수많은 이가 합의하여 기워놓거나 덧바른 혹은 부착한 콜라주에 따라, 내 얼굴은 어느새 생겨

납니다. 드러납니다.

그리하여 나는 대체로 착하고 순진하며 바람직하고 건강한, 즉 총체적으로 무해한 얼굴을 지니게 됩니다. 간혹 그들 가운데 누군가가 제공한 조각이 아름답지 않은 모습일 때가 있습니다. 일그러지고 뒤틀린 얼굴, 그러니까 내가 어떤 모습이 되었으면 좋겠다고 바라면서 그들이 부여하는 이미지들은, 사실 자신들이 발로 걷어차거나 돌을 던지거나 물어뜯기에 적합한 형상일 때도 있다는 것입니다.

투명하게 살아온 나는 그중 어느 것이 진짜 얼굴인지 알지 못하니, 사람들은 저마다 못과 망치와 펜치와 스테이플러와 실과 바늘을 들고 내 얼굴을 조립해줍니다. 내 얼굴을 깁고 때운 이음매 위로 빛, 몽환, 동화, 날카로움, 부드러움 같은 필터를 씌우고 보정합니다. 그리고 안심합니다. 무엇이든 자신들이 볼 수 있는, 용납할 수 있는 얼굴이 되었으니까요. 그들은 나와 부딪치지 않을 수 있는 안전망을 마련했고, 최소한 부주의로 인해 본의 아니게 나를 해쳤다는 혐의에서는 벗어나게 된 것입니다.

그리고 그들은 말합니다. 거기 그대로 그 모습으로 가만히 있기만 한다면, 너를 죽지 않게는 해줄게. 내가 서 있는 주위로 금을 그어놓고 말합니다. 여기에서 벗어나지만 않는다면 너는 공연히 다칠일이 없어. 그러한 게토를 여기저기다 만들어놓고, 너희를 효율적으로 도와주어야 하니—관리해야 하니 금 밖으로 나오지 말라고 합니다. 금 밖으로 나와서 당신들에게 불편을 주면, 애초에 내가 동의한적도 없는 금을 넘은 것이 마치 대형 조직과의 커넥션 아래 행한 마약 밀매라도 된다는 듯이 사법 처리를 하겠다고 으름장을 놓습니다. 나와 나 같은 이들을 한데 뭉뚱그려 유리기遊離基로 간주하며, 이 눈부신 사회가 굴러가는 데 불요한 걸림돌을 막고자 노력합니다. 전혀 보이지 않았을 때는 불안하지만, 보이는 얼굴로 만들어놓으니 이제는 보기가 불편하다고 합니다. 내 얼굴은 그들이 바라는 바를 무작위로 덧댄 콜라주니까, 보편적인 시각으로 보기에는 편안하지 않아서 그럴 거예요. 그리하여 그들은, 내 얼굴이 보임에도 불구하고 또다시 보이지 않는 시늉을 하는 것입니다.

내가 바란 것은 투명했던 얼굴에 가시적인 형태를 부여하는 게 아니라, 당신들이 나의 투명함을 있는 그대로 인정해주었으면 좋겠다는 뜻이었는데요. 투명한 사람이 서 있는 공간을 투명하다는 이유로 밀치거나 짓밟지 않도록 조금만 신경을 써달라는 거였는데요. 그런데 너의 얼굴을 타인들도 볼 수 있게 만들어주었으니 그에 감사하라고 합니다. 일단 보이기는 하니까 소리는 내지 말라고 합니다. 그렇지 않으면, 너는 〈벽으로 드나드는 남자〉의 이야기를 아느냐, 그가 나중에는 벽을 넘나들지 못하고 벽 속에 그대로 갇혀버리는 것을 아느냐, 너도 벽속에 들어가고 싶은가 묻습니다…… 위협합니다. 그런데 보세요, 지금 내게 이 게토를 준 것이 벽 속에 가두어 발라버리는 것과 몇 보만큼 다른지를요.

어떤 이들은 또 말합니다. 〈투명 인간〉에서 투명

인간이 나중에 어떻게 비참한 최후를 맞이했는지 아느냐고요. 그렇게 되지 않을 수 있도록 너에게 얼굴을 주었다면서요. 그러면 보세요, 투명 인간이 죽기 전에 어떤 짓들을 저질렀는지를요. 내가 그것과 같은 일을 해도 당신들에게는 불평할 권리가 없겠지요. 그래야 서로 공평하지 않나요.

나는 투명 인간에서 벗어나 사람들이 취향에 맞게 공급한 대로 얼굴을 갖게 되었지만, 동시에 내 얼굴을 잃었습니다.

그리하여 지금의 내가 할 수 있는 최선의 일은 아마도, 내 얼굴을 이룬 콜라주를 뜯어내고 지워내어 다시 투명해지는 것이겠습니다.

기억해두기를 바라 마지않습니다. 언제 내가, 그리고 나와 같은 이들이 투명한 몸과 마음을 갖고서 당신들의 앞에 설지 모른다는 걸. 모든 색칠을 벗겨내고서, 모든 덧칠을 지워내고서.

누더기 얼굴 2021

월간 《GQ Korea》 2021년 4월호에서 '얼굴'이라는 주제어로 산문 원고 제안을 받았는데, 그동안 에세이에 자신이 없어서 신문 칼럼 연재를 매번 사양했을 정도라 그 대신 짧은 픽션 타입으로 가보겠다고 말씀드려 허락을 받고 썼다.

지당하고도 그럴듯한

파란 글자는 띄어쓰기와 맞춤법이 틀렸다든지 숫자나 진술이 사실과 다르다든지 같은 확실한 오류에 해당하니 필수 수정 사항이고, 연필로 기입된 문구는 크로스 교정을 본 결과 편집부 전원의 검토 의견이어서 최종 선택과 결정은 A가 내려도 되는 것이었다. 그 자리에 조심스럽고 사려 깊은 T의 필체로 길게 적힌 내용은 이랬다.

지명과 시간대가 명시되지 않았지만 곳곳에 드러나는 허름한 분위기와 아포칼립스풍의 묘사로 보아 미래 어느 날의 빈곤 도시 국가를 배경 삼은 것 같다. 55세의 여성 주인공은 노점에서 기름에

튀긴 합성고기를 팔면서 생계를 유지하며 오랜 노동과 관리 유지 보수 소홀로 인한 관절염을 앓고 있다. 처음부터 끝까지 이 사람의 시선을 따라 이야기가 진행되는데, 그녀와 주변 사람들이 노점 기물 파손과 단수 단전 등 부당하거나 불행한 일을 겪는 장면에서 수시로 라틴어 경구나 니체가 인용되는 대목이 좀 튀는 것 같다. 뛰어난 지성을 지니고 어설프게나마 독학자로 살아온 노점상 주인이 세상에 전혀 없으라는 법은 없고 르네 미셸*과 같은 허구의 인물도 있기는 하지만, 우리의 주인공은 이를테면 최영숙 여사**처럼 과거에 고등교육을 받았다가 중년에 몰락했다는 설명이나 정보가 주어지지 않았으며, 특별한 재능의 소유자라든지 다독가라

---

* 뮈리엘 바르베리의 소설 《고슴도치의 우아함》에 나오는 인물. 철학 교수와 같은 아카데믹한 지성을 갖춘 중년 여성으로, 보통의 사람들이 아파트 수위에 대해 갖는 편견에 맞추어 살기 위해 지성을 감추고 지낸다.

** 스웨덴에 유학하여 1931년에 경제학 학위를 받은 여성으로, 식민지 고국의 노동자와 여성을 위해 일하겠다는 일념으로 귀국했으나, 5개 국어에 능통한 인텔리 여성을 받아주는 일자리가 없어서 장터에서 콩나물을 팔다가 스물여섯 살에 병으로 사망했다.

는 암시도 없다. 위기 절정 결말 그 어디선가 그녀가 실은 예전에 유수 학회의 연구자였다든지 은퇴 후 정체를 숨기고 사는 고학력의 방첩 요원이라든지 같은 반전이 제시되지 않았고 끝까지 보통의 노점상 주인으로서 허세를 부리지 않는 담백한 성격으로 보이는데, 소설의 흐름 또한 그런 차원의 인식을 벗어나지 않는 선에서 전개된다. 그러므로 주인공의 배경과 삶에 맞게, 고전에 의거한 비유와 수식을 덜어내고 조금만 상식적인 선으로 정리하면 어떤가. 독자가 인물을 향해 그렇게 학구적으로 수고스럽게 접근하지 않더라도, 가령 평범하면서도 친근하게 일상과 삶의 지혜를 깨닫게 조언을 주는 인물이라면 대부분 거리감을 느끼지 않고 오히려 그를 통해 공감과 위로를 얻을 것이다.

A는 이렇게 회신했다. 우선 한 편의 소설을 읽는 독자가 인물에게 거리감을 느끼지 않아야 한다고는 생각지 않는데 그런 주관은 별개로 치고 얘기해 보자면,

- 제안해주신 유형의 인물은 그 표현 방식을 어떻게 하더라도 엉클 리머스*처럼 묘사될 위험성이 있다.

　- 주인공이 '나'라는 1인칭 화자가 아니므로, 위버 멘쉬나 시 비스 비탐 파라 모르템** 내지 에트시 데우스 논 다레투르*** 같은 진술은 전지적 작가 시점에서 나오는 일종의 지문地文일 뿐 노점상 주인이 이 같은 말들을 직접 하거나 생각으로 떠올리지 않는다.

　- 설령 1인칭 진술이었다고 해도 상관없고 그 이유는 두 가지인데 첫째, '보통의' 노점상 주인이란 없으며 노점상 주인을 바라보는 사람들의 통념이

＊ 《리머스 아저씨의 노래와 이야기Uncle Remus; His Songs and His Sayings》는 1880년경 남부 흑인 노예들 사이에 구전되던 민담을 엮은 우화집으로, 디즈니에서는 이를 〈남부의 노래〉라는 영화로 제작했는데, 다정하고 푸근한 이야기꾼인 흑인 농부가 부유한 백인 아이에게 지혜를 전하는 형식으로 되어 있다. 여기에서 비롯한 마법의 흑인magical negro이라는 인종 차별적 클리셰는 스파이크 리 감독이 유행시킨 말로, 할리우드의 많은 영화에서 흑인이 그 자신의 고뇌와 서사가 드러나기보다 백인을 돕고 문제를 해결해주기 위해 등장함을 비판한다.

＊＊ Si vis vitam para mortem삶을 원하거든 죽음을 준비하라.

＊＊＊ Etsi Deus non daretur만약 신이 없더라도.

있을 뿐이기 때문이다. 관절염을 앓는 노점상 주인이 니체를 언급하면 안 되는 법이라도 있는가? 글자를 알고 책이 있다면 누구든 읽을 수 있는데, 반나절 불 앞에 서서 고기를 튀기는 사람이 철학에 대해 말한다면 그것을 허세라고 보아야 하는가? 저의 조부는 공구리를 치고 현장에서 돌아와 목욕 후 단벌 정장을 꺼내 입고 페도라를 쓴 다음 유명 지휘자의 내한 오케스트라 공연을 보러 가곤 했는데, 그 표를 손주들이든 다른 가족에게 양보한 적 없음은 둘째 치고 조모와 함께도 아닌 혼자 누리러 가는 게 이기적으로 보였다는 점을 제외하면, 그건 허황된 꿈에 지불하는 사치가 아니라 사람의 일상을 지탱해주는 문화비다. 이때 조부가 읽고 쓰기 가감승제와 같은 의무교육 이상을 받아본 적 없고 클래식을 들을 만한 소양이 없었으며 지금 연주되는 게 어떤 작곡가의 무슨 곡인지 모를뿐더러 심지어는 첼로와 비올라를 구분할 줄 모른다 하더라도(구분할 줄 알았다), 그것이 중요할까? 조부가 연주회를 다니며 수준 높은 음악으로 귀를 즐겁게 하는 것이, 과거에 바이올린을 연주하다 집안이 망해서 팔았다든지 젊은 날 음대 다니던 연인과 헤어졌다든지 같은 필연적인 서사가 수반되어야만 가능한 일이라고 생각하지 않는다. 둘째, 지극히 예외적인 인물이라든지 비현실적인 설정이라는 이유로 선뜻 받아들여지지 못할 것이 우려된다고 한다면, 이 소설은 배경이 미래 사회라는 점에서 이미 처음부터 끝까지 현실과는 거리를 두고 있다. 지금 당장은 보기에 어색하고 억지스러워 보이더라도 궁극적으로 제가 지향하는 세상의 모습은, 대학을 다녀본 적 없는 국화빵 장수가 별다른 목적이나 남다른 경험 없이도 순전히 자신의 정신적 만족을 위해 라틴어 경구와 철학 사조 정도는 자연스럽게 외워서 읊고 다니는 것이 당연한 풍경이다. 논점이 조금 빗나간 것 같아 정정하자면, 고등교육을 받지 않은 단순 노무 종사자에게 인문학적 소양이 없음을 디폴트로 여기며 혹 있다면 그게 유별난 일이라고 간주하는 사람들이 모두 사라져버리거나 최소한 그 개인적인 생각을 머리로만 하고 입은 다무는 세상이다.

A가 이런 이메일을 보낸 뒤로 T에게서는 다시 답장이 오지 않았다. 원고를 출간하지 않기로 했는지도 모른다.

염殮하여 장사지낸 지 오랜 비유를 관짝 열고 다시 꺼내보자면 세상에는 모래알만큼의 작가가 있었고 A는 바위가 아닌 수많은 자갈 가운데 하나쯤 되는 데다 성정이 까다롭다고 업계에 알려져 있는 만큼, 진행 중이던 책을 설령 엎어버리더라도 회사 입장에서 큰 손해는 나지 않을 것이었다.

A가 까다롭다는 것은 여러 군데의 출판사를 전전하는 동안 살짝 와전된 것으로, 실제의 A는 동료들이 귀찮아하는 사람에 가까웠다. 까다롭거나 귀찮거나 간에 함께 일하는 사람 입장에서 느끼는 고충의 크기는 마찬가지여서 그런 건데, 저쪽이 한마디를 물어오면 A는 그에 대해 잡지에 에세이로 수록해도 될 만한 분량의 피드백을 보내는 식이었다. 사소하게는

그 문단의 그 자리에 동일한 의미를 지닌 '마치' 대신 어째서 '흡사'가 들어가야만 하는지, 마치가 흡사를 대체할 수 없는 까닭은 무엇인지에 대해 각종 묘사뿐만 아니라 때로는 본인과 친인척, 지인의 과거사를 동원하여 입장을 설명하고 상대를 설득하려 들다 보면 1천 자 분량은 훌쩍 넘어가곤 했다.

어쩌면 A는 지금까지 지면에 발표하거나 책으로 엮은 글을 모두 합친 것보다 각 출판사의 편집인에게 보낸 메일의 분량이 더 많을지도 몰랐다.

A는 그 뒤로 T에게 출간이 연기됐는지 묻는 메일을 몇 통 보냈다. 회사 공용 인트라넷을 쓰고 있어서인지 수신 확인 여부 표시는 매번 랜덤하게 떴고, A는 이에 대해 어쩔 수 없다거나 그래도 상관없다고 여기며, 한편으론 이에 대해 어쩔 수 없다거나 그래도 상관없다고 여기는 자기 자신의 어쩔 수 없음과 상관없음에 대해 생각하면서 파일을 저장했다.

이 파일을 언젠가 다시 열 날이 오는지, 그 파일에 담긴, A가 바라던 궁극적인 모습의 세상이 먼저 오는지, 그리하여 어느 쪽이 지당하고도 그럴듯한 모습이 되는지는 두고 볼 일이었다. 둠 스피로 스페로.

지당하고도 그럴듯한 2022

열여섯 살의 청소년이 이런 어려운 표현을 어떻게 구사하느냐, 말도 안 된다. 환갑 넘은 노부인이 어떻게 이렇게 빠르게 움직이느냐, 비현실적이다. 부족한 집 애들이 어떻게 세탁소에 클리닝을 맡기느냐, 과소비다…… 모두 내가 들어온 말들이다. 이 미니픽션을 읽는 이들도, 심지어는 나 자신을 포함하여 언젠가 한 번쯤 그 비슷한 생각을 해본 적이 있을지도. '현실적으로'라는 전제 아래 고정관념 내지 편견을 가진 적이.

시간의 벽감壁龕

전차를 타고 사흘 밤낮을 달렸지요.

Z가 말문을 여는 동안, 어깨를 옹송그리면 심장에 품은 한 올의 온기도 밖으로 새어나가지 않으리라는 듯 S는 더욱 작게 움츠러든다. 그렇게 몸피를 줄이다가 언젠가는 자신의 몸을 차곡차곡 접어 제품속의 지갑에 수납할 수도 있을 것만 같지만 S는 이 세상 어딘가에 존재할지 모르는, 이를테면 저 텅 빈 광장만 한 넓이의 신문지 종이를 구해다가 그것을 반으로 접고…… 그 반을 또 접고 접어나가기를 반복하더라도 열 번을 넘기지는 못한다고 들은 적 있다. 한 장의 종이가 그러한데 사람의 몸이야…….

그러나 S는 지금 부피에 관한 논리적인 인식의 흐름마저 동결되었다고 느낀다. 그대로 눈 속에 파묻혀 한 송이 결정이 된 끝에 녹아 사라지고 말 것처럼 몸을 한없이 구부리면서도 S의 귀는 Z 쪽으로 기울어져 있다. Z가 떠나온 장소에 대해 이야기하는 것을 마저 듣기 위해. 비록 그곳의 실체에 가닿지는 못하더라도 윤곽이나마 더듬고자 하는 손짓과 함께. 밖으로 빼낼 수 없어 코트 주머니 안에서만 맴도는 손짓.

마지막 역에 다다라서는, 거기서부터 다시 사흘 밤낮을 걸어서 여기까지 왔습니다.

S가 사는 도시의 기차역은 S가 태어나기 전부터 폐쇄되어 녹슨 선로만이 한때 그것의 도시성을 증명하는 흔적으로 남아 있으며, 세상에 존재하는 그 어떤 교통수단도 이곳까지 오려고 하지 않으니 Z는 나머지 길을 걸어서 왔다고 한다.

몇 해에 한 번꼴로, 지금 Z가 왔듯이 모험심과 공명심을 지닌 한 떼의 사람들이 중무장을 하고 찾아올 때가 있었고 그들이 바깥세상의 물건을 들여놓고 가기도 해서, 호기심 있는 자들은 바깥에서 온 방문자들이 놓고 간 것들을 분해하거나 분석하여 가능한 한 비슷하게 흉내 내어 만들어다가 입고 먹는 일에 적용하려고 하기도 했지만, 다른 기후에서 건너온 사물들은 대부분 그 형태를 오래도록 유지하지 못하고 부스러지거나 못쓰게 되었다. 실체에서 환영으로 변질되는 그 사물들을 통해 사람들은 자신들의 운명을 보았다.

도저히 이렇게는 살 수 없다고 외치면서, 방문자들이 타고 온 우마를 얻어 타고 떠난 젊은이들도 있었다. 방문자들은 수많은 탈출 희망자 가운데 몇 명만 뽑아가며 난색을 표하기를, 우마가 버텨내는 하중에 한계가 있어 원하는 모든 자를 데려갈 수 없다고 했다. 이후 어떤 젊은이들은 원정대 비슷이 일행을 모아서, 방문자들이 두고 간 지도와 나침반, 용도를 알 길이 없으나 누군가 흘리고 간 펜던트, 그리고 넉넉지 않은 물자를 긁어다 길을 떠났다.

정말 그곳에서는 코트가 필요 없고 사람들이 저마다 외기에 팔과 다리를 드러내며 어린이들은 때로 맨발로 뛰어놀기까지 합니까. 그러고도 온몸이, 심장이, 얼어붙지 않습니까. 하늘에서 무언가가 내려보았자 빗줄기에 불과하다고요. 내리쬐는 눈부신 햇살에 피부가 구워지거나 머리가죽이 벗겨지지 않도록 우산으로 가린다고요. 강과 바다는 그 수면을 흔들며 햇빛을 튕겨내고, 사람들은 옷을 활활 벗어던지고 거기 뛰어들어 멱을 감기도 한다니 그곳은 어디입니까…….

방문자들이 묘사하는 도시와 그곳의 사람들, 생활상 등은 유년의 이야기책 속에서 얼핏 한 조각쯤 포착했을 법한 전설 같았다. 세상 밖으로 나가본 적 없던 젊은이들이 최초의 기차를 탈 수 있는 지역까지 무사히 다다랐는지, 아니면 고된 길과 추위와 허기에 지쳐 서로를 죽이고 살을 뜯어먹다 눈 무덤 속에 잠들었는지, 남아 있는 이들은 그 뒤로도 알 수 없었다.

그리하여 이곳에는 이제 S와 같이, 지나온 날들의 윤곽은 희미해지고 앞으로 남은 날들에 대한 기대가 없는 이들이 산다. 영원한 겨울이 장악하는 도시에서는 사람의 몸이 위축되고 정신도 축소된다. 아무 길섶에나 무방비로 몸을 부려놓으면 필히 동사하기에, 이곳에서 살아가는 이들은 상시 깨어 있는 맑은 정신을 유지하는 것처럼 보이나, 실은 자신의 질량을 보존하고자 하는 에너지가 침체와 냉소를 담은 채 외부로 발산되지 않을 뿐이다. S는 태어났을 때부터 지금까지 이곳 아닌 다른 어딘가로 뻗어나가는 자신의 발걸음을 그려본 적 없다.

그래서 당신은 그 좋은 곳, 건강한 곳, 활력이 넘치는 곳을 두고 어찌 여기까지 고단한 발걸음을 하셨습니까. 당신도 그동안 우리를 지나쳐간 무모한 방문자들 가운데 하나입니까.

밀기울과 우유로 쑨 거대한 수프 같은 눈의 벌판에서 허우적거리며 S는 묻는다.

당신이 믿으실지 모르겠지만, 하고 Z도 눈 속에

발이 파묻히지 않기 위해 걸음을 재촉하면서 말을 잇는다.

한 젊은 여인이 있었습니다. 여인은 가게 앞에 우두커니 서서 어딘가로 전화를 걸고 있었습니다. 정확하게는, 수화기와 전선만을 만지작거리고 있었을 뿐입니다. 가끔 이마의 땀을 훔치기도 하면서, 과거와 현재를 비롯한 삶의 모든 가능성이 그 전선을 타고 흘러가버리기라도 한 것처럼, 자신의 음성이 그 어디에도 닿지 않으리라는 것을 아는 사람 특유의 표정으로, 언제까지나 그곳에 서서. 저는 저도 모르게 들고 있던 사진기로 그녀를 담아냈습니다. 그 뒤로 저는 어떤 경로를 통해—신문사에서 일하는 기자에게 정보의 경로는 여러 가지가 있는 법이지요—그녀가 이곳을 떠나온 소수의 생존자 가운데 한 명이라는 것을 알게 되었습니다. 생존자라는 말의 의미는, 당신이 생각하시는 그대로입니다. 이곳을 떠난 사람들의 대부분은, 시간의 벽감을 온전히 통과하지 못하고 그 안에 결박되었다고 합니다.

그리고 저는 그녀가 전화선 하나로 연결되고 싶어 했던 사람이 누구인지를 알기 위해 길을 떠나왔습니다.

Z가 살던 곳에는 유능하고 광기 있는 연구자들이 있어서, 그들이 시간의 벽감을 통과할 수 있는 특수한 물질을 펜던트 형태로 만들어 암암리에 고가로 거래하고 있다고 한다. 조합 비율은 공개되지 않았으나 그것의 구성 성분은 수소, 탄소, 마그네슘 등 사람의 몸이나 우주를 이룬 물질과 대동소이하여 사실상 지금껏 존재한 적 없는 특수한 물질이라고 부르기엔 어폐가 있는데, 그것을 소지한 자들은 자신의 몸을 구성한 성분이 파괴되지 않은 상태로 시간을 공간처럼 이동할 수 있다고 한다. 성공 확률은 복불복에 가까워 웬만한 모험가가 아니고선 손에 넣는 법이 좀체 없었다고는 하지만 말이다. 그러니까 Z는 자신의 신체 시간으로는 6일가량을 소비했지만 실제로는 100년 이상의 시간을 건너 이곳으로 왔다는 것이다.

S는 자신이 Z보다 100년 이상의 미래를 살고 있다는 이야기를 들으며, 농담에 맞추어주는 시늉으로 조금 웃다가 이내 혀를 찬다.

그러면 서둘러 100년 전으로 돌아가십시오. 풍토가 다른데 이런 곳에 오래 머물다간 몸이 상하지 않겠습니까.

Z 역시 S를 설득하려는 적극적인 의지가 있지는 않은 듯 그저 담담히 말한다.

기차에서 내려서기 직전까지는 같은 칸에 있던 다른 승객들에게 몇 번이고 오늘의 날짜를 물었습니다. 사람들은 별 이상한 자를 다 본다는 듯, 그럼에도 불구하고 손에 든 신문을 흔들어 보였습니다. 그때까지만 해도 시간은 내가 알던, 내게 익숙한 바로 그 시간이었습니다. 그러나 마지막 역에서 내려 걷기 시작한 지 그리 오래되지 않았을 때 눈보라와…… 뇌를 얼릴 듯한 추위와…… 그에 따라 시간이 자신의 벡터를 잃었습니다. 몸이, 그보다는 몸을 둘러싼 공간이 뒤틀리고 짓이겨지는 듯했습니다. 진동과 함께 내 몸을 이루는 미세한 알갱이들이, 일순 내 몸을 떠났다가 뜻밖의 방식으로 재조합과 재배열의 과정을 거치는 감각이었습니다. 눈 속에서 잠깐 정신을 잃었던 것도 같습니다. 얼지 않고 죽지 않고 당신들이 사는 이곳을 발견했을 때, 누구에게 묻지 않았는데도 나는 알 수 있었습니다. 이곳은 내가 떠나온 땅의 100년 뒤 모습이라는 것을. 그토록 북적거리고 활기에 넘치며 뜨거웠던 우리의 시절은, 극지방에서 녹아내린 빙하가 한번 쓸고 지나간 뒤로 지금과 같은 영구동토가 되었다는 것을요. 당신에게는 지금인 이곳이, 우리에게는 후손의 미래라는 것을요. 이해하실까요. 그동안 이곳을 다녀갔던 방문자들은, 우리 후손이 어떤 역경과 마주하게 되는지 미리 알아내어 막아보고자 했던 이들이라는 것을요. 내가 본 전화기 앞의 여인을 비롯하여 자신들의 대지를 떠난 젊은이들은, 물론 일차 목적은 피난이었을지 몰라도, 어떻게 해야 이 빙하가 오지 않을 수 있는지—자신이 사랑하는 사람들이 36.5도의 체온을 유지하며 삶을 존속시키려면 어찌해야 하는지 알아내고자 애썼던 사람들이라는 것을요. 무엇보다도 그녀가 그토록 전화를 걸어 목소리를 듣고 싶어 한 사람은…… 당신이었다는 것을요. 닮은 정도가 아니라 그 얼굴 그대로 빼쏘았다는 걸, 당신을 보자마자 알았습니다.

S는 Z의 헛소리에서 서둘러 해방되기 위해서는 웬만큼 장단을 맞춰주어야 할 것 같았다.

몇 년 걸러 한 번씩 드문드문 다녀갔을 뿐이라지만, 그렇게 오고 가고 숱하게 했다면 이유와 대책을 알아내셨을 법도 한데 어째서 우리는 이토록 영원한 설원에서 뒹구는 겁니까. 미래를 잠깐 다녀가는 기술은 있어도, 과거를—당신들에게는 현재라고 했지요—바꾸기는 역부족이었나 봅니다. 제 좁은 식견으로는 아무리 생각해도 전자가 더 어려운 일인데 말입니다.

Z는, 비록 당신네들의 체감상 몇 년에 1회꼴로 장기간에 걸쳐 방문자들이 다녀갔더라도 우리의 사

회에서는 고작 1년가량 미래에 다녀오기 붐이 일었을 뿐이며 고비용과 위험성을 우려한 정부의 지원이 중단된 뒤로 연구소는 해체되고 펜던트 제작자들은 서로 다른 장소에서 차례로 실종되어 남은 펜던트들이 암거래 시장으로 일부 흘러들어갔다는 상황까지 S에게 알려주어 절망감을 배가할 필요는 없다는 판단이 들었으므로, 다만 통회의 어조로 말을 이어갔다.

방문자들은 이곳만 정해놓고 다녀간 게 아니라 이곳 이전의 시간들에도 다녀갔습니다. 그리고 알게 되었습니다. 인간은 미래를 엿보았다고 해서, 그곳에 편재한 추위와 절망과…… 총체적인 지옥을 목도했다고 해서, 그것을 바꾸기 위해 자신을 반성하거나 현재를 조율하는 존재가 아니라는 것을요. 원인을 알아냈다고 하여 인간들이, 두 손아귀에 단단히 붙든 핸들을 다른 쪽으로 꺾거나, 브레이크 페달을 밟지는 않는다는 것을요. 자기가 달려가는 종착지에 멸망이 입을 벌리고 있음을 알면서도, 모두가 필멸의 존재라는 사실로 위안을 삼고 모른 척한다는 것을요. 그러니 나의 시대를 살아가는 이들은 앞으로도 내내 무언가를 발전시키고 크게 키우며 자신들이 만들어낸 굉음에 파묻혀 죽어갈 때까지 노력을 경주傾注할 것입니다. 국가를 부강하게 일으켜 세운 줄로 여기고 자신들을 자랑스러워하며, 자신 바깥에 존재하는 것들을 힘으로 정복하기를 미덕으로 삼는 한편, 지배당하기를 거부하는 이들이나 통제되지 않는 것들을 혐오하기를 마다하지 않고, 후손에게는 선대가 일구어낸 열매만 받아먹을 뿐 노력이 부족하다고 몰아댈 것입니다. 코너에 몰린 후손은 노력합니다. 더욱 노력합니다. 그들은 눈이 시릴 정도의 빛을 발하는 결과물을 사방에서 일으킬 것이고, 노력의 선로에서 탈주한 후손들은 스스로를 폐기물로 규정하며 더 이상 자신과 같은 존재를 세상에 만들어 내보내지 않기로 결정합니다. 그러나 발전의 과실 가운데 상당 부분은 일상에서 누구나 어렵지 않게 취할 수 있는 것이기에, 사람들은 그것을 씁니다. 쓰고 또 씁니다. 그리고 그것이 산출해낸 찌꺼기들은 오래도록 부패하지 않은 채로 흙에, 바다에, 생물에…… 마침내 그들 자신의 몸속에 누적됩니다. 그들의 몸에서는 분해 효소가 줄어들며 흙과 나무와 바다 또한 마찬가지가 됩니다. 그에 따라 너무 뜨거운 날들이 계속됩니다. 녹아내린 빙하가 세상을 뒤덮습니다.

말하다가 Z가 걸음을 멈춘 곳은 누구도 찾아오지 않는, 임대 광고지가 금 간 전면창에 덕지덕지 붙어 있는 건물 앞이었다. Z는 작은 현기증이 밀려오는 듯 몇 걸음 뒤로 물러나 건물을 조감했다.

제가 있던 시간대의 랜드마크들은 몇 번이나 헐렸다가 새로 세워지기를 반복했고, 거리의 구조 또한 그사이에 크게 변형되었으니 확신할 수는 없습니다만, 이곳이 바로 그녀가 서서 어딘가로 전화를 걸던 자리입니다.

S는 두어 번 눈을 끔벅거리며 자신의 세계를 유지하고자 하는 마음을 놓지 않고서 Z에게 손짓했다.

오래 걸어서 고단하실 건데, 우선 들어가서 몸을 좀 녹입시다. 연료가 남아 있을까 모르겠네요. 2층에 제 사무실이었던 곳이 아직 있기는 하지만, 안 쓴 지 오래되어서 말입니다. 이곳은 제가 내놓은 건물입니다. 비록 아무도 사려는 사람이 없고 이제 살 만한 사람도 없지만요. 한마디로 이 건물은 저와 같이 소멸이라는 안식만을 기다리는 신세라고 하겠습니다. S는 발을 들어서 고장 난 입구 차단기를 넘어갔고 Z도 그렇게 했다.

층계를 걸어 올라가는 동안 S는 말해주었다. 자신에게는 딸이 있었고, 그 딸이 낯선 방문자들을 따라 제 남편과 함께 떠난 뒤로 소식을 알 수 없기는 하나, 그렇게 떠난 게 25년 전의 일이라 살아 있다면 이미 중년의 여성일 것이므로, Z가 본 젊은 여인은 아마 S 자신과는 아무 관계가 없을 것이라고.

그래, 사진을 찍으셨다고 했지. 앞서 걷던 S는 문득 뒤돌아보고 물었다. 그게 있으면 한번 좀 볼 수 있겠습니까. 혹시 또 압니까. 시간의 벽감을 무사히 건너갔다는 딸이, 당신이 있던 바로 그 세계에서 아들딸 잘 낳고 살았는지, 그 딸이 제 어미의 이야기를 전해 듣고 할아버지네로 전화를 걸어보려고 했는지 누가 알겠습니까.

그 말을 듣고 Z는 코트 안쪽 주머니를 뒤져 낡은 흑백사진 한 장을 뽑아냈다. Z의 몸은 아직 무사히 형태를 유지하고 있으나, 그가 품에 넣어 온 사진만은 시간의 밀도를 견디지 못하고 S의 손에 닿는 순간 부서지더니 층계참에 가루로 흩날렸다.

시간의 벽감 2019

사진잡지 《보스토크》에서 2019년 7월호의 SF 특집을 위해 오래된 옛 시절의 흑백사진을 보내주었다. 한영수 사진작가의 작품들을 보고 그 가운데 몇 장을 골라 SF 단편을 쓰는 일은 독특한 경험이었다. SF 특집이라고 해서 감각적이며 비구체적인 형태에 의도를 파악하기 어려운 최첨단 현대미술풍의 사진들이 올 거라고 지레짐작했는데 그 반대였고, 내가 미래 과학을 대할 때 고정관념의 틀에 갇혀 있었다는 걸 알게 된 유익한 시간이었다.

구병모

지은 책으로 장편소설 《위저드 베이커리》, 《아가미》, 《파과》, 《네 이웃의 식탁》, 《상아의 문으로》, 중편소설 《심장에 수놓은 이야기》, 《바늘과 가죽의 시》, 소설집 《고의는 아니지만》, 《그것이 나만은 아니기를》, 《단 하나의 문장》 등이 있다. 오늘의작가상, 김유정문학상 등을 수상했다.

로렘 입숨의 책

© 구병모, 2023

초판 1쇄 발행 2023년 1월 31일
초판 3쇄 발행 2023년 3월 9일

지은이 구병모

펴낸곳 (주)안온북스   펴낸이 서효인·이정미   출판등록 2021년 1월 5일
제2021-000003호   주소 서울시 마포구 월드컵로14길 28 301호
전화 02-6941-1856(7)   홈페이지 www.anonbooks.net
인스타그램 @anonbooks_publishing
디자인 오혜진   제작 제이오

ISBN 979-11-92638-07-2 03810

| 이 책의 내용을 재사용하려면 반드시 사전에 저작권자와 (주)안온북스의
  서면 동의를 받아야 합니다.
| 인쇄, 제작 및 유통 과정에서의 파본 도서는 구입처에서 교환해드립니다.